东方文艺复兴之旅丛书
Journey to Oriental Renaissance Series

# 沉思与激扬

Rumination and Inspiration

丁方 著

中国文联出版社

图书在版编目（CIP）数据

沉思与激扬/丁方著. -- 北京：中国文联出版社，2017.12

（东方文艺复兴之旅丛书）

ISBN 978-7-5190-3429-0

Ⅰ.①沉… Ⅱ.①丁… Ⅲ.①中国文学－当代文学－作品综合集 Ⅳ.① I217.2

中国版本图书馆 CIP 数据核字 (2017) 第 330278 号

## 沉思与激扬

作　者：丁　方
出 版 人：朱　庆
终 审 人：奚耀华　　　　　　　复 审 人：曹艺凡
责任编辑：邓友女　冯　巍　　　责任校对：严梦阳
封面设计：吴文越　武珊珊　　　责任印制：陈　晨
出版发行：中国文联出版社
地　　址：北京市朝阳区农展馆南里 10 号，100125
电　　话：010-85923076（咨询）85923020（发行）85923020（邮购）
传　　真：010-85923000（总编室），010-85923020（发行部）
网　　址：http://www.clapnet.cn　　　http://www.claplus.cn
E－mail：clap@clapnet.cn　　　　　　fengwei@clapnet.cn
印　　刷：中煤（北京）印务有限公司
装　　订：中煤（北京）印务有限公司
法律顾问：北京天驰君泰律师事务所徐波律师
本书如有破损、缺页、装订错误，请与本社联系调换

| 开　本：710×1000　　　　　1/16 |
| 字　数：172 千字　　　　　　印　张：13.25 |
| 版　次：2017 年 12 月第 1 版　印　次：2017 年 12 月第 1 次印刷 |
| 书　号：ISBN 978-7-5190-3429-0 |
| 定　价：40.00 元 |

# "东方文艺复兴之旅"丛书编辑委员会

## 顾 问
（按姓氏笔画为序）

刘 伟　叶 朗　刘延申　仲呈祥

## 主 编

丁 方

## 编委会
（按姓氏笔画为序）

丁 方　王一川　孙 郁　尹吉男

周 宪　牛宏宝　王廷信　李新风

徐庆平　陈传席　陈奇佳　黄兴涛

夏燕靖　臧峰宇

# 目 录

引　言　我们这个时代的艺术　　　　　　　　　　1

上半部　画之思

论写实与基本功　　　　　　　　　　　　　　　3
论艺术中的自我回归　　　　　　　　　　　　　5
点线体与点线面　　　　　　　　　　　　　　　8
　　　　——中西艺术比较心得
库尔贝的自信与理想　　　　　　　　　　　　　14
伦勃朗《出浴的拔示巴》　　　　　　　　　　　20
论绘画艺术中的坚实感　　　　　　　　　　　　22
论现代艺术的精神　　　　　　　　　　　　　　28
抽象表现主义与东方书法　　　　　　　　　　　32
"城"——文化反思的象征　　　　　　　　　　　38
关于艺术本体建构　　　　　　　　　　　　　　40
在大师作品的背后　　　　　　　　　　　　　　42
墨西哥画派的启发　　　　　　　　　　　　　　44
　　　　——建立中国油画评价标准探讨之一

| | |
|---|---|
| 挑战与应战 | 47 |
| ——三届油画展小议 | |
| 关于图像时代的手工性艺术 | 51 |
| 启示与回应 | 53 |
| 20世纪90年代的艺术与现实 | 56 |
| 当代文化与中国油画 | 60 |
| 当下文化精神与创作心态 | 65 |
| 艺术与精神 | 73 |
| 现时代艺术的境况与希望 | 76 |
| 思辨之言说 | 93 |
| 艺术与金钱 | 97 |
| 远离资本的勇气 | 101 |
| 艺术市场的投影 | 104 |
| 解读素描 | 107 |
| 色彩的精神解读 | 112 |
| 人类形象之美 | 115 |
| 光辉灿烂的美 | 117 |

## 下半部　画之情

| | |
|---|---|
| 难忘的1977 | 121 |
| 我的绘画心路历程 | 127 |
| 行走黄土高原之上 | 135 |
| 大地的追忆 | 137 |
| 故梦与幻象 | 140 |
| 生存的幻象 | 148 |

| | |
|---|---|
| 给一个亡灵的悼歌 | 152 |
| 神奇的心像 | 155 |
| 感恩的灵魂 | 165 |
| 创作手记二十三则 | 168 |
| 冰峰上的书版 | 179 |
| ——"内在的意志是不死的" | |
| 与神的对话 | 190 |
| 四月的激情 | 192 |
| 桂冠冷月之夜 | 194 |

# CONTENTS

**Preface: Art of Our Time**     1

**First Half    Thinking on Painting**

A Discussion of Realistic Technique and Basic Skill     3

On Self Regression in Art     5

Point Line and Volume and Point Line and Plane     8
　—Attainment Experience of Contrasting Chinese and Western Art

Courbet's Self-Confidence and Dreams     14

Bathsheba at Her Bath by Rembrandt     20

On the Solid Sense in the Art of Painting     22

On the Spirit of Modern Art     28

Abstract Impressionism and Oriental Calligraphy     32

"City" — Symbol of Cultural Introspection     38

On the Art Noumenon Construction     40

Behind the Masterpieces     42

# Rumination and Inspiration

| | |
|---|---|
| Inspiration from Mexico Painting School | 44 |
| —On Establishing Chinese Oil Painting Evaluation Criterion (Part one) | |
| Challenge and Accept the Challenge | 47 |
| —A Brief Discussion on Three Sessions of Oil Painting Exhibition | |
| On the Craftsmanship in the Era of Image | 51 |
| Enlightenment and Respond | 53 |
| Art and Reality in 1990s | 56 |
| Contemporary Culture and Chinese Oil Painting | 60 |
| Current Cultural Spirit and Creative Psychology | 65 |
| Belief and Modern Nihilism | |
| Art and Spirit | 73 |
| The Situation and Hope of Art in Present Age | 76 |
| Utterance of Argumentation | 93 |
| Art and Money | 97 |
| The Courage to Be Away from Capital | 101 |
| The Projection of Art Market | 104 |
| An Interpretation of Sketch | 107 |
| Reading the Spirit of Color | 112 |
| The Beauty of Human Representations | 115 |
| Splendid Beauty | 117 |

## Second Half  Feeling on Painting

| | |
|---|---|
| Unforgettable 1977 | 121 |
| My Mental Journey of Painting | 127 |
| Walking on Loess Plateau | 135 |
| Remembrance of the Land | 137 |
| Old Dreams and Illusions | 140 |
| Waiting for the Car by the Riverside | |
| Illusion of Survival | 148 |
| A Mourning Song for a Departed Soul | 152 |
| Miraculous Mental Image | 155 |
| A Grateful Soul | 165 |
| Twenty Three Pieces of Art Creation Notes | 168 |
| Divine Words Script on the Ice Peak<br>— "Immortal Inner Will" | 179 |
| Dialogue with the Mountain | 190 |
| Passion in April | 192 |
| A night of Laurel and Cold Moon | 194 |

# 引言　我们这个时代的艺术

永恒的时间之流已进入人类历史的第二个千禧年，我们竟不知道应为此欢庆还是担忧。如果说值得担忧的话，是由于这样一个不幸的事实：当我们的生存物质基础不断改善之际，人类的精神却在日益衰颓！我甚至胆敢这样断言：无论从精神的哪个方面来看，我们所处身的现时代都无法与以往时代相比，因为公众对普遍的精神沉沦竟持一种容忍甚或欣赏的态度！

大概因时代的物质进步及科技发展，使人们产生了这种错觉：仅靠人，就可以改变世界和主宰世界。于是，人的价值——更确切地说是个人的价值被提升到了绝对高度，人由此而获得了绝对的骄傲。但是，当我们立足更宽广深远的历史维度上考察时便会发现：个人价值的瞬间性是无法与人类普遍价值的永恒性同日而语的；也就是说，若把生存意义的砝码全部押在生命个体价值的绝对性一边，断难使灵魂获得安宁。

如果说人不能长驻于高山绝顶的话，那么反过来，灵魂也不能总是滞留于虚无黑渊之中。为使灵魂有继续存在的理由，"处于绝对不幸中的人"就得真诚地依赖某种超于个人价值之上的事物，而不是依靠自己。它是什么呢？生命体验的直觉告诉我们：这种信仰力量的源泉，植根于那生命不息但灾难深重的大地母土之中，就在那决意来到这苦难大地上无辜受死的人的事迹的启示之中！

在瞻望人类文化与艺术的未来前景时，我们似乎没有更多值得乐观的理由。现时代的所谓"前卫"艺术家太看重追逐新潮、迎合流俗，从而在无形中把艺术与神圣、高贵、尊荣、华美这些情怀的联系割断了。所以，当现时代的"艺术消费者"在面对日益翻新的形式花样目不暇接并渐感疲倦时，艺术的内涵也变得越来越浅薄空乏了。归根到底，艺术不应只求娱乐感官，而要能够震撼灵魂，因为这是终有一死的人的永恒内在要求。在此，我们有必要回溯一下，人类历史上那些充满伟大创造激情的年代，主导人们灵魂的究竟是何种精神？能否以现世色彩浓厚的所谓"时代精神"去偷换这一超越的永恒精神的内涵？进而言之，这种超越精神是否已和我们的现实生存毫无干系？如今，人类的生存处境同过去相比虽已大不一样，但其基本性质——生命的存在和死亡、人类与生俱来的不幸、人性在绝对意义上的残缺、人性的两重性以及人类灵魂对超验永恒境界的向往，却并没有随着大机器工业文明的降临而消失。只要生命还有死有生，艺术的使命就亘古不变：它永远是"再叩永恒之门"的那只奇妙的手。所以，任何人都没有理由在嘲弄和调侃中对艺术永恒命题的关注与表现弃之不顾。

的确，信息时代中的"前卫""先锋"艺术家在发展机敏、巧智方面已大获成功。那种轰动的新闻效应与惹人注意的电视传媒，使艺术圈内渴望成功者心头怦然、骚动遍身。尤其是中国的"新潮"艺术家，更是被一种前所未有的狂热驱使着，向着艺术的全面"自由、解放、独立"奔跑而去。但他们恰恰忽略了：西方各种以造反叛逆为旗帜的艺术思潮，均是对其固有的丰厚传统的挑战，均是对一座精神大厦的解构。遗憾的是，当代中国已经没有这样一座可供解构的精神艺术大厦了。中国的传统早已被解构得支离破碎、锈蚀得腐迹斑斑。无奈之下，"新潮者"就只能拿占主流地位的意识形态权力话语来做挑战和解构的对象。但这个目标并不可靠，因为一旦不存在所谓的"文艺禁区"，他们挑战、叛逆的对象又将是何物呢？

苏联、东欧许多艺术家的那种以新闻刺激性的政治题材来迎合国际口味的艺术品，到头来烟消云散的教训，我们理应记取。当然，这种挑战并非毫无积极意义（它对意识形态权力话语的消解功能自不待言），而是要充分认识到这种反叛意识与挑战手段的短暂性和非终极性。

当某种从灵魂深层生成的真诚与激情，由于社会的外在（政治、经济等）原因骤然冷却时，接踵而来的便是失落与涣散。这一情景正是中国20世纪80、90年代艺术界的状况。它是真实的，但并不因为它是真实的就一定有意义。历史已一再告诫我们：决不能拿"当下真实"做借口，来为灵魂沉耽于昏暗中寻觅理由。

我们没有权利只为后代留下一组20世纪90年代的艺术呓语，而应为新世纪的文艺复兴撒播下一系列希望的种子，它将成为人类未来精神文化大厦的奠基之工程。这一基础必须能承载宏伟的构架，因此它应具备伟大的所有基本元素。基石在未来大厦中一般是显现不出来的，但它作为过去与未来两者之间的必经联系，却具有深藏的永恒价值。这种在现世无法得到确切报偿的价值，可能是许多"现代艺术家"所不屑一顾的。信息时代的人们热衷的是新闻对感官的不断刺激，而再不顾及对某种根本性的问题进行深入持久的关注。这就像一个始终妄想天上掉馅饼的人，竟麻木到不愿动手去收获自家土地上的果实一样。要知道，东方大陆有如此深厚的土地、伟大的河流和雄浑的山脉，这不正是我们构建一座崭新的艺术精神大厦的绝好处所吗？当欧罗巴从阿尔卑斯山的雪顶中获得基督教文化的精神象征时，亚细亚难道不应从自身的大地母土中获得与之相称的灵魂启示吗？实际上，我们已将那宝贵的精神艺术资源浪费了数十个世纪，但这种缺憾却从未在我们的心中留下什么悔恨和负疚。我们甚至还津津乐道于那些弥漫于近代的细枝末节的墨趣把玩，并将此移植到现代都市的文化消费生活中去。人们就没有想一想，难道一种伟大的艺术精神会从都市的嘈杂生存状态中诞生出来吗？它至多能使我们得到活鲜鲜的"当下生存经验"，而断然不能使灵魂获取永恒超越的价值。

来自荒野的那声呼唤，在两千年后人类所营造的物质楼群——精神荒漠中将再次响彻，"施洗者"所流淌的泪水也将融进东方大陆的血脉中，并催生出新的精神文化果实。

## 上半部

## 画之思

## 论写实与基本功

　　如果把写实能力认作"绘画基本功"的全部内容且只在这方面使劲，那么就势必因之忘却对基本功的最关键部分——艺术心灵成长的培养。有人会说：以往的大师不是都能画出非常写实的习作吗？不错，大师们的确留给后人许多功力深厚的习作，但如果我们只从"写实"这一层面体认大师，那就未免太肤浅了。我们应该透过显示大师基本功的图像而洞悉其内在世界，这样才能感到他们那奋战于创造境界中的灵魂，以及他们对一个崭新的造型——精神世界热烈渴望的意志。这灵魂与意志的力度，才是他们"基本功"的内在本质，也才是他们创造视觉图像的原动力。视觉图像，即他们所创造的画面，只不过是他们自身灵魂境界的物化图式而已。

　　绘画的高级境界，是那些被心灵选择的客观表象通过有机组合而构成一个充满情感和精神力量的境界。在这个主观和客观、精神和物质、理性和感性等各种相对立的因素彼此交融奔涌的境界中，创造者和欣赏者的审美情感不断碰撞激荡。当我们注目于伦勃朗的肖像或人体的不朽杰作时，一方面能真切地感受到他塑造人物形体和把握构图的深厚功力，另一方面则更要看到他是如何巧妙地运用光线与阴影，使沐浴于恩赐之金辉中的人——灵魂，凸现于无限幽深的褐色背景上。这颗承续文艺复兴伟大传统的尼德兰灵魂，正是产生伦勃朗所有杰作的最内在基础。

　　一个成熟的艺术家能通过对点、线、面、色等绘画要素的最佳组合来创造出某种情感强烈且内涵复杂的图式。在这里，一切都取决于他能否将观念或情感最大程度地物化为绘画诸要素——给一个无形的概念赋予形体。

在米开朗琪罗的素描《卡希纳之战》的战士习作，以及《最后审判》的愤怒形象习作中，展示给我们的绝不仅仅是精确解剖的肌肉组合或动态完美的形体，而是一颗伟大的文艺复兴灵魂对人类命运的深切关注，以及对神圣信仰的诚挚表白。在人物极度扭曲的猛烈动态中，浸透了生命意志的巨大悲剧性；遍布于躯体上的错综复杂的线条显示出一块块如岩石般凸起的筋肉，它是灵魂痛苦搏战的标志。这也正是（那个时代所理解的）普罗米修斯式的不屈意志以及由此所触发的"神圣的愤怒"的隐秘内涵之所在。这种在神圣光照下展开的无比卓绝的灵魂搏战之情景，已是现代人无缘辨认的了。

图1-1　丁方《白城》　2004年　布面油彩　95cm×130cm
广袤旷野上横陈着古长城的躯体，动荡激烈的笔触凝固于时间流沙的末端。放眼望去，油蒿、沙荆和柠条默默地蛰伏在它的周边，将遍布残垣的创痕仔细掩藏

# 论艺术中的自我回归

如果说"对人的审视、对自然的审视只有在回归的意义上才有可能"这一说法已被普遍接受了的话，那么，由此也生出两个命题：回归的意义是什么？审视的意义又是什么？实际上，这两个问题自古以来就一直缠绕着人类的心灵。其中，我所理解的回归就是人类在更高一级的层次上重又把自己看成是自然的一分子、大地的儿子——这里区别于东方古老的"天人合一"的有机宇宙观，因为目前人类的理性、意识、创造力、生产力和想象力都大不同于古人了。从一般的意义上和大的历史尺度上来说，人类把握自然与人的关系的方式有三种：

1. 意识——理性的，这是人类从自然、人道、宇宙的内在规律去逻辑地把握。

2. 生产——实践的，这是人类在劳动、创造中将人与自然之生生不息的变化和生成相契合的生命之统一的把握。

3. 艺术——审美的，这是人类在上述两种把握中再通过形象—意象—想象的中介而达到的一种静观、直观的超越之快乐。

这三种把握即导致这三种方式的回归。在这其中，我领悟到的就是：中国文化在不远的将来将愈显其重要意义。

诚然，以上只是一种理想的设定，西方现代文化的实际进程与现状远非如此，尽管也不是决然对立。问题的关键是如何在这一复杂系统的积极反馈中去敏锐地区分哪些是将会引起巨变的因素，从而去把握一些令人看来迷惑不解的因果关系，并主动地去创造一些"因"。

如果一般地说东方产生圣贤、西方产生英雄的话,那么我既看到了庄子"吾生也有涯,而知也无涯"①,最后达到"无我"即在幽深的静观中与自然冥合的至高境界,也瞻望到了贝多芬、巴赫、奥罗斯科、西盖罗斯的那种雄伟、庄严、神圣、崇高、悲怆,那种从英雄般的伟大人格中焕发出的强烈意志与在统摄、创造自然中的超迈气概。我无法假定我在朝拜哪一个境界,因为在这疾疾向前走的当口,或许从另一种角度来讲两者都要朝拜。但无论如何,重点还是在对"自我意识"这一环节的分析、剥离上,"自我生命"环节看来只是次之。东方的自我是"以物观物",道家的三个环节便是极有力的注脚——"心斋""坐忘""丧我",至此方才对物象凝神注视,而进入超时空的"物我齐一"的境界中。西方则把自我置于"统摄自然诸意象的自我精神之中"。再剥离下去,东方的自我中蕴藉着双重的自我:是为与自然的联系提供一个"媒介"的"自我",是深隐在纯自然中的"自我"。

这种自我的双重性以及自我在"物我齐一"境界中隐藏的深度,注定了东方的"自我"在某种意义上的悲剧性:自我愈是强烈便愈是为自然所泯灭,而这种"变形"的自我(暂且这么说)只有在纯粹的自然中燃烧成灰烬之后才会真正地展现出来,鲁迅就对此有不甚明确但极清醒的认识。由于这种自我控制住了矛盾而不把它们展现出来,所以它无论怎么说都既有"刚健、清新"的一面,又有"沉沦、懦弱"的一面;既有"博大、豁达"的一面,又有"虚颓、卑性"的一面;既有"知天达命"的一面,又有"无所事事"的一面。这可能是东西方自我的悲剧的歧义性。这里引起我思考的是:暂且撇开"理性—意识"的与"生产—实践"的两方面不谈,只从艺术与审美的自我意识及表现形态来探究的话,一定能找到它与东

---

① 文心工作室编著:《庄子·内篇·养生主第三》,中央编译出版社2007年版,第99页。

方艺术的时空观、艺术品内部的节奏与旋律、艺术的表现形式等方面的深刻的内在联系。譬如，在山水画中所体现的具有循序渐进的时间顺序的、整体的二度空间，具体则是一个又一个经由曲折的回廊、道路联结起来的井然有序的有机构件（庭院、小建筑群等），尤其是画中的视点不是深度的纵向透视和站在地面看过去的焦点透视，而是在怡然自得、潇洒忘我的情境中徜徉、流连的观赏性的散点透视（这还与"飞天"的象征意义有关）。总之这里湮灭了知性逻辑的因素，在不否定生命的至高点上控制住矛盾、不使其展开，而是在一种纯然忘我的沉醉中细细体味。具体地说，也就是立足现实，在人世的知与行的内外交合的内心体验中，泯灭前世轮回的反省和末世死亡的恐惧以及永恒的盛赞，进而将对西方灵魂来说层次极其清楚的情感成分升华为一种无法名状的东西，并与现实中的具体的知、行交融在一起。它的最高形态也许是从这个世界获得彻底解放自由的一种沉醉式的超越。

如果说这大致是总的轮廓的话，那么下面就必须深入到眉目中去，以具体而有力的知、行和生命的体验去实践它、把握它。在这个过程中，可能还会发现好多层次，出现的将是一种多元的形态。

# 点线体与点线面
## ——中西艺术比较心得

从大西北的黄土高原——中国文化的发轫地归来,我获得了一个强烈的"体"的概念。整个高原、整座山脉拥围着我、包容着我,拱托着中国文化。我想就石雕——这"体"的象征来谈一些自己的感受。

著名的汉代大将军霍去病墓前石雕的造型要素是点、线、体,当你的目光非石雕莫属,凝神细察时,你会被那简练豁达的点、线、体所震惊。虽然它们之间只靠一种若即若离的力维持着某种联系,但在这之上又为一种高高在上、无比厚实的浑朴之气所包容笼罩。

从线条的机能来看,霍墓石雕的线充溢着全石镌刻的"纯粹性",因而获得了一种独立于"体"而存在的美学价值。这种自由的线经由艺术家直觉的引导(而非由"体"所引导)恰到好处地穿行于石雕的体上,并强烈地暗示出已被消灭的"面"。与此相反,线在希腊雕刻中则绝无暗示"面"的意图,而只有服从"体"的功能。倘若将《命运三女神》(帕特农神庙东三角额墙的大理石雕刻)的衣褶线抽离出来,它们便化作一团飘浮于虚无空中的游丝,很难单独存在。因为"线"在古希腊的雕刻中只是作为"体"存在的一个框架,与深隐在"体"内的希腊灵魂的自我并无多少关系。

对人类的原始灵魂来说,当把一块混沌未开的石头凿成雕刻,即意味着在心灵根底上建立了某种宇宙秩序。"体"对于古希腊人有着绝对的意义。因为对于古希腊灵魂而言，过去与将来并不重要，唯有现在最伟大。这种历史感就决定了"线"只作为"肯定现在"的"体"的一个框架，它将"体"包容其中，面向着一个不可见的中心，这中心也就是古希腊人独特的"肯定现在"的自我。这种向心亦构成了雕刻作品的"完美"与"圆味"。在西方"浮士德式"追求的氛围下，许多大师巨匠为使内心回复到秩序与稳定上来所刻意追寻的也正是这种"圆味"。刘海粟曾诠释塞尚对古典的理解："欲得到一个完美的形式，并使所有物体都保持一种圆味。"实际上，不仅雕刻如此，古希腊的建筑也充满了这种意识。古希腊建筑物内无窗，由排列成行的圆柱按精密比例递减柱距，将内部的空间加以缜密地掩藏；每一段阶梯都有一点微微上掠的倾向；三角墙、屋脊、房边等都不是平直的，而是略呈弧形；每一根圆柱也都有略微向外膨胀的外形。这样，由于从角落到边缘的中心点有精密比例的膨大、倾斜及距离的变化，使得整个建筑物的主体就像针对一个不可见的中心做神秘的摇摆。所有这些的功能只有一个：无论是深度的还是外部的空间经验与方向都被消解了。古希腊的灵魂通过艺术而把人类的眼光从遥远处拉回到一种充满美的"切近"与"寂静"之中。

中国的灵魂却尤重"线"。中国灵魂在历史上不像玛雅灵魂那样威严有力，也不似埃及灵魂那样对历史有一种原始的热情，中国的历史感情更为深邃、真挚。具有方向感的"线"负载着中国灵魂驰向深邃的情感之海。这种极具金石感的线刻正是中国的精神之墙——碑刻铭文的横向发展。就霍墓石雕的"体"来说，亦不像希腊雕刻那样单纯通过强调神的复写模像——人的主体，来获得一种神佑般的条理秩序，而是经由强调荒漠的自然与野性的生命之间的交融，来映照出人格主体。如霍去病墓前的马踏匈奴石雕的基本形体以祁连山为基本形，到处皆为一种圆浑、宏伟、平缓、深沉的起伏所覆盖，马腿之下不镂空，而是像山一样直接隆起于大地。在这里，"体"作为西部神秘宏伟世界存在的一个象征，是对历史感的一个撞击，在这种撞击背后则深隐着一个看不见的"面"。它以"体"的中点为轴心，被两种力沉稳地推移与转换着。

概括地说，在"线"与"体"的辽阔中间地带存在着诸"面"的无限可能性，它不仅支撑着"点"与"线"的全部功能，同时也赋予它们以无限的可能性。下面，就石雕的线来简要分析一下：线实际上就是"自我"的轨迹，它游弋于石雕的"体"内，逶迤而行，最终受聚为点，以便作为下一步超越的起点。轨迹的金石感则说明了中国灵魂对这种生命体验的真挚、热烈，以至于刻骨铭心的状态。当它在里面刚柔回旋、曲直转折、从容自如地穿行时，整个石雕的真率、稚拙感也就卓然凸显了。一般总认为石雕的真率稚拙是由形体决定的，其实不然。形体固然不可或缺，但若遮去了那些点、线，不仅真率稚拙荡然无存，就连石雕的雄浑感也失之大半，而只剩一种呆滞的笨重了。再者，这简练豁达的穿行是毫无左顾右盼的踌躇之感的，至少从感觉上来讲是如此。这与其说是因为它没有"面"对其本身加以束缚，倒不如说是汉代尚武超迈的灵魂根本不能接受面的束缚，它执拗地要以其自身灵魂的强度，自由地纵横驰骋于"体"中，驰骋于这苍穹大地之中。

在这里，我们再与康定斯基的"点、线、面"理论做一些比较。作为西方现代绘画理论奠基人之一的康定斯基，他的"点、线、面"理论是一种精细的甚至完全科学的严密说法，阐述了一种素描要素的形式理论。它的崭新之处就在于其真正的基础仍是一种非理性的、神秘的精神性见解（从这意义上来讲它迫近了东方）。这与康定斯基的另一部著作《论艺术中的精神》一文的基础是一样的。

"点、线、面"此时已完全抛弃了一切功利主义的及任何解释性的企图而步入超逻辑的领域，它们如同表现主义所强调的色彩一样，被提升到自主独立的、富有表现力的元素的高度。康定斯基认为，"点"是最小限的时间的一种简洁状态，代表冥想，而冥想＋简洁＝超越，它在数学上则等于0，因为0在我们的观念（感觉观念）上象征最高的简洁。到这里，康定斯基已偏离自笛卡儿几何与坐标系统以来的西方传统，而愈益接近东方。0虽在古希腊毕达哥拉斯意义的数字中不可能存在（负数与无理数亦然），但它却是古代东方数字的起点。西方的函数观念及纯粹的坐标数字则忽视0的存在，因为西方灵魂关心的不是沉思状的"最高简洁"状态，而是"无限空间的展现"，以及行进于这无限空间之中的超越。康定斯基还发现在雕塑和建筑上的"点"具有将曲线收敛为"点"的倾向，也就是说点是曲线的讫点，是一种凝缩，是内在力量的积蓄，同样，石雕也是将线与内在的"面"收缩为下一步超越的点，但二者超越的指向与程度却有所不同。在康定斯基那里，由于有明确的暗示出无限空间的"面"，其点便能承荷西方灵魂的自我、跟随浮士德式的神圣追求而进入无穷的空间。打个比方，西方的自我犹如一枚挣脱了重力而驶入无限太空的火箭，这火箭充满了巨大的惯性，它在孤独中于无穷的空间里主动追求被动与惯性，这种自我意识深植于西方灵魂底层的心理根基。正如欧洲的哲人所说："既然失去了乐园，与大自然的谐和，他就成了永远的流浪者（奥德赛、伊底普斯、亚伯拉罕、浮士德……）；他不得不向前走去，以毕生不懈的努力在他的知识的空白处填入答案，从而知道未知的事物。"[①]与此相对，中国灵魂的自我由于不能直接借助于深隐在浑圆体内的"面"来达到超越的意图，因此就不曾真正地将其灵魂义无反顾地远离过去，而是在一种既肯定理想又肯定人生的浓重的"情"的氛围中做一种潇洒的徜徉，在"情"的大海里深沉地遨游，在那把"无限可能"的"面"包容在内的"体"中从容地穿行。最后，于这种俯瞰仰察中获得一种"沉醉"式的超越。

与西方和中国灵魂相对，古希腊灵魂的自我被禁锢在"体"的

---

① ［美］L.J.宾克莱：《理想的冲突——西方社会中变化着的价值观念》，马元德等译，商务印书馆1984年版，第143页。

中央，静静地挺立于广阔的景观上，尽情承受着灿烂的阳光。这是古希腊阿波罗的白昼静穆灵魂的写照。

我们对古希腊、西方、中国做了扼要的分析、比较，从中可看出在各民族的先验造型观中，由于点、线、面、体这些基本元件各自组合关系的不同与强调的侧重点之相异，造成了各民族灵魂的自我和基本指向的不同。西方灵魂自我的深度空间经验与指向完成于"面"，它经由"面"所展现的无限空间而获得一种挣脱式的超越。中国灵魂自我的空间经验完成于"体"，在"体"这个广大而可见的穹宇中，"线"负载着它游弋于其中，曲折而行，在连续流衍的生命体验和永恒苍劲的推移转换中获得一种沉醉式的超越。古希腊的深度经验与指向则由于自我的停立静止（没有可负载其灵魂的元件）而被消解，环绕古希腊灵魂的问题永远是比例、度量、可见性等（古希腊雕刻也因之而如此写实）。古希腊数学最重要的问题是如何在不改变面积的情况下将一个圆形变成矩形。这一例题实际上具有高度的伦理意义，因为古希腊人有一种深沉的形而上的恐惧——恐惧他们那在生存深处牢守不移的宇宙秩序会突然崩解而坠入未知

图1-2 丁方《敞开的胸膛》 2007年 综合材料 60cm×120cm
当大地敞开胸膛之时，便是洞悉民族迁徙奥秘之日。上天雕刻伟大的山形地貌，为人类预留终极价值的启蒙契机。于是，古代东方世界诞生了圣贤哲人，"轴心时代"降临

的原始深渊。所以,不可度量的圆形必须要变为可度量的矩形。

然而,这种分析还不足以说明整个状况。这些各成体系的文化已在各种规模的容忍、冲突、谐调中而发生了极为复杂的变化,并产生了错综繁复的层次。要把握住这种变化与层次绝非几篇文章所能力及。但大致说来,我以为自汉代以后中国艺术的形式虽发生了变化,如上所说的以"线"与"体"为象征的自我却一直深蛰于中国灵魂中,譬如山水画中的山仍是通过线、点的组合来显现"体"(浓、淡墨的韵味只是为了暗示出体的深度)。如果说有重大区别的话,那就是"体"——这穹宇的象征已从实的变成虚的了,而"体"中隐藏的"面"由散点透视来支撑,并仍旧保持诸面的"无限可能性"(其与"飞天"这一象征的产生、演变与发展有极大关系)。但为何雕刻在中国艺术的史流中忽地沉陷下去?一个民族地理上的迁徙究竟会给民族的艺术造成何种影响?这种影响会摇撼一个民族的艺术心理结构的根基吗?不论对各民族还是对某一特定民族来讲,雕刻究竟有何终极意义?这些问题值得我们一代又一代的人不懈地探索。

## 库尔贝的自信与理想

古斯塔夫·库尔贝（Gustave Corbet）1819年6月10日生于法国东南部露河流域的奥尔南村，其父为当地富有的葡萄园主，母亲则出身于司法官世家。库尔贝的祖父是大革命时期的雅各宾党人，他常给孩提时的库尔贝讲述大革命的故事和伏尔泰的著作，特别是他所信奉的格言——"大胆说和大胆做"给库尔贝的成长留下了不可磨灭的影响。

库尔贝从奥尔南当地的小神学院毕业后，便于1837年进入布桑逊皇家专科学校就读。学校里的规范教育对这位少年来说似乎是一副枷锁，他全不理会功课，而只顾埋头作画，同时他进入附近的一所美术学校学习写生。在这期间，库尔贝结识了至交——诗人马克斯·比逊，两人在政治信念上的相通使得库尔贝在激情之余为比逊的诗集《诗的随笔》作了四幅石版画插图。他在这一阶段画的一批写生露河河畔的风景画，已显示出踏踏实实的古典技巧。

1840年11月是库尔贝一生中的重要时刻，二十一岁的库尔贝借学法律的名义来到了巴黎。他根本没有对那些法律课程产生过哪怕是一天的兴趣，倒是立即对巴黎方兴未艾的各种美术思潮产生了浓厚兴趣。他那对绘画的巨大热情，终于使父亲同意他进入巴黎西犹伊士艺术学院正式学画。他天生的健硕体格和强韧的意志力使他在经过短短几年的学习后很快便画出了一批作品。在1844年沙龙期间，他选送了五幅作品。除《带黑狗的库尔贝》入选外，其他均未被评选委员们看中。他创作了这幅显示出他主要风格要素的自画像，并非是出于什么自我追求或内心省视，而完全是出于一种自我陶醉，洋溢着一股浓厚的浪漫气息。1846年，库尔贝本着对自己艺术的坚定信心和对保守的新古典主义及已蜕化了的浪漫主义的批判精神，与来自布桑逊的挚友比逊一道宣布了"现实主义绘画"的诞生。同期的杰作《抽烟斗的人》虽没入选1847年的沙龙，但它正是他自我精神状态的写照。这幅画已不像《带黑狗的库尔贝》那么富有浪漫情调，人物表情也显得不那么年轻气盛，而是更多地有了一种沉稳的自信和自我欣赏。画面上被黑色的须发环绕的微红而明亮的脸部、在灰色上衣下隆起的厚实肩膀、白色的衬衫和暗红色的背景，共同烘托出了库尔贝的自我是如何沉浸在自信的状态中。希维斯特尔曾这样生动地形容："画面的气氛使得这个得意而调皮的、富有幻想的、似乎沉醉在熏污的烟斗的烟雾之中的脸，盖上了安逸而幸福的烙印。"①

　　由于1848年的"二月革命"使得对沙龙的严格审查被削弱，在1850年沙龙中库尔贝的八幅作品竟然全部入选。其高三米、宽六米多的巨作《奥尔南的葬礼》引发了极大的轰动和争议，由此库尔贝博得了"激进主义者"的称号。有意思的是，在这幅被归为"激进主义"的画中并没有描写葬礼中惯有的悲痛哀伤、令人落泪的场面，而是以一种冷静的真实再现了葬礼的情景。在这种冷静背后，画家通过着力刻画的人物面部体现了东部高地人体质精神上的坚强韧性。但这幅画的意义不仅于此，它首先从美学观念上反叛了当时的思想。这幅作品的原名是《有奥尔南葬礼的历史画》，仅这命名就与古典主义的美学观点大相径庭。在古典主义者看来，历史画必须含有深远的历史，并以文学性为主旨；不仅取材要是重大的历史事件，而且人物形象要有希腊、罗马艺术理想美的根基。而库尔贝的"历史画"

---

① ［意］利奥奈洛·文杜里：《西欧近代画家》（上），钱景长等译，人民美术出版社1979年版，第183页。

描绘的竟是最最平凡粗俗的乡村场景，人物也都是一些无名的乡村绅士和农家妇女，与"英雄、美人"的标准丝毫不沾边；在规模上，与真人等大的几十个人堂堂列于画幅之上，简直是把农民的生活当作史诗一般来处理。于是，赞成者与反对者针锋相对，各执己见。但到了1851年路易·拿破仑政变时期，库尔贝开始取得胜利。在布鲁塞尔的展览会上，他的《大提琴演奏者》和《石工》赢得了观众的喝彩。此时，法国恢复了帝制，库尔贝短暂的成功没有持续多久。1852年参加沙龙展的《乡村姑娘》再度引起评论界和观众的纷纷议论；次年展出的《角力者》《沉睡的纺纱女》《浴女们》竟被拿破仑三世认为过于粗野卑俗而令其摘下。但这几幅画却为法国蒙佩里郁一家旅馆的年轻老板所欣赏，他不但收购了这几幅画，还邀画家到蒙佩里郁做客，两个人成了知交。在蒙佩里郁逗留的一年里，库尔贝画出了名作《路遇》。这幅画虽然对库尔贝来说是象征了一种在经历了磨难后与他热心的资助者邂逅的感激心情，但画中明显流露的自信与傲气使得这幅画被一些人戏称为《你好，库尔贝先生》。

1854年，库尔贝去瑞士访问了挚友比逊之后，便回到家乡着手创作。在1855年的巴黎万国博览会上，他将十四幅作品送展，但使库尔贝恼怒的是他最自信的两幅作品《画家工作室》和《奥尔南的葬礼》竟被审查委员会以"此二幅作品不适于在国际性的会场展出"为由而拒绝。在朋友的帮助下，他毅然收回了所有作品，并在博览会会场附近的蒙特里街公开展览自己的作品。在画展的序言中，他公开宣布了自己有关现实主义的信念。在序言的结尾，他充满信心地宣称："求知是为了实践，这就是我的理想：'像我所见到的那样如实地表现出我那个时代的风俗、思想和它的面貌，一句话，创造活的艺术，这就是我的目的。'"这样，库尔贝在这不是必然的事件中向他那个时代已形成的理想和美学观念发出了必然的挑战。但却出乎他的意料，观众竟寥寥无几，无甚反应。因为他们是从来不会把同情赐给先锋者的。库尔贝并没有灰心，仍忠于自己的信念，坚持创作。1870年沙龙中的《耶特塔悬崖》和《暴风雨与海》获得了一致好评，因而被颁发了政府的荣誉勋章。忠于共和信念的库尔贝因坚决反对帝制而拒绝了这项荣誉。自从1870年7月普法战争爆发及至法国第三共和国开始，库尔贝积极投身于社会活动。但自从巴黎公社失败以后，不幸的事件接踵而来，库尔贝遭关押、在狱中开刀、被没收财产、罚款。但他晚年仍在迫害中继续埋首作画，直至逝世于瑞士。

　　作为一名叛逆新古典主义和已蜕化了的浪漫主义的现实主义者，库尔贝的名字总是与那种认为绘画是一种把艺术归还于人民的手段、是人民愿望的体现的观点相联系的。的确，当时没有一位画家像库尔贝一样，不仅在绘画观点方面，而且在文学观点方面，对远及法国边境以外的欧洲大陆产生如此大的影响。假如没有库尔贝的现实主义，印象派将会怎样是难以想象的。马奈、塞尚等人从库尔贝那里获得的教益匪浅，当然，他们更多的是从库尔贝的精神方面而不是从他的形式方面获得启发的。

　　可以这样说，库尔贝的现实主义是与当时的社会倾向分不开的。当自由平等的思想在旧贵族阶层的没落中迅疾发展时，科学的进步和生产的大规模化簇拥着新兴的资本主义大踏步地迈向物质主义和现实主义，尤其是在这种思想经过了1830年"七月革命"与1848年"二月革命"的洗礼之后，便更有力地推动人们从社会的"人"的基点出发，对现实做一番全面客观的审视。

　　库尔贝把他的理想称为"现实主义"，并认为这种现实主义就是所谓"理想主义"的反面。他认为现实主义是反抗异教、古希腊罗马艺术、文艺复兴、天主教及诸神的。总之，它是反抗传统思想的伟大力量，是使人类觉醒的途径。但这段笼统的宏论似乎没有真正触及隐藏于库尔贝内心和艺术个性深处的理想，至少没有明确地将它表达出来。实际上，他只能用另一种理想来反对他那个时代已形成的理想，而不能用没有理想来战胜它。也许库尔贝根本不屑于站在理论家的高度去感受他那个时代将要出现的艺术形态。库尔贝的理想究竟是什么呢？他没有说明白的部分已被他的挑战和论战的行动证明了，那就是以其他画家处理历史题材的那种精神来处理风俗场面，从而赋予贫困、偏僻的日常生活以英雄般的重大意义，以及表现对自然异常真挚而纯朴的爱。当然，他的一些作品所表现出的那种自尊自大的情绪，多少妨碍了他进一步深入到他的模特的内心世界中去（在这一点上，他较之杜米埃、米勒、柯罗等人不足），但并没有妨碍他赞赏和深入自然，深入到佛朗什、孔特的岩石和溪流与巴拉瓦斯附近的海景中去。我们暂且把以上的弱点看作是他忠于自己个性与气质的一种流露，就像他在灵感振奋地风景写生时所自然流露出的那种对造化的无限热情一样。

　　如同塞尚，库尔贝身上充满了那种不驯服而倨傲的外省人的气质和嗜好，像孩子一样富于幻想和天真，又像农民那样机灵和认真。他的孤傲和自信使他把自己的那个世界看得很了不起。用文杜里的话来说："这位固执的高地人拿给十分讲究的巴黎人的东西越是使他们震怒，库尔贝也就越发为自己所引起的吵闹而感到骄傲。这里面包括他的虚荣心和他对自己艺术力量的自觉和自豪。"[①]在库尔贝理想的实践中，似乎还有一种含意更为广远的东西。我们应该注意到这样一个事实：库尔贝虽在巴黎度过了他一生中的大部分时光，但他却对巴黎不感兴趣。这就表明了他对自己那个世界艺术的、道德的和社会价值的信仰——这个世界是有限的，是远离都市的，但却是他所珍爱和熟悉的——犹如他对自己那磨得油光光的烟斗一样亲切和熟悉。不论那是一块平坦的草地，还是一条穿越林间的小径，

---

[①]［意］利奥奈洛·文杜里：《西欧近代画家》（上），钱景长等译，人民美术出版社1979年版，第175页。

他都竭尽心力去描绘，并赋予画面中每个物体安稳、坚实和永恒的力量。这就使得他那种对事物存在本身秘密的关心超越了一般的理解和趣味爱好，而具有了一种自身存在的意义。这也正是启发了现代绘画创始人塞尚的奥秘所在。用文杜里的话来说："库尔贝的极限所在也就是他的力量所在，他的范围越是有限，他的力量也就越发势不可挡。"①

---

① ［意］利奥奈洛·文杜里：《西欧近代画家》（上），钱景长等译，人民美术出版社1979年版，第194页。

# 伦勃朗《出浴的拔示巴》

在大师的作品中，我们可以清楚地看到以画面形式和表现手段来传达某种意义这一轨迹。伦勃朗《出浴的拔示巴》一画，表现的是一位沐浴在金色光辉中刚出浴的女性的坐姿。

整幅画面那端庄持重、静谧幽深的气息，使我们在一般面对裸体女性极易产生的肉感（性感）被抑制到最低限度。如果把画面中的拔示巴想象成一个有血有肉的真人，我们会感觉她的坐姿似乎有些费力而不自然，但我们又不得不承认她的姿态在视觉中是非常美丽和自然的。关键是这一坐姿体现了一种清晰而又得体的解决方式——它完整地暗示了拔示巴的灵魂经由洗浴的过程而展现为明净的肉体（被圣光朗照的肉体），在画面中被肉体的各个部分合乎内在逻辑地排列开来——既显示出一种类似埃及人绘画中的明晰性（埃及人的绘画观念就是把人最清晰美好的那部分展示给你看，所以才有各种建筑壁画中侧面的头、正面的身躯、向前行走的双腿这类形象），又消除了写实主义绘画中对人的动姿之自然精确性的过分强调。

具体说来，拔示巴的坐姿舒展且不乏稳重，微垂的双睑和挺直的身躯表现出某种羞涩和拘谨，然而它们又被整个肉体的裸露所抵消。这种微妙的张力关系也可在人体的内在构架中显示出来。她的坐姿呈现为一个稳重的金字塔形：从她的头部到右臂直至右小腿，构成了金字塔形的左边；而从她微颔的脖颈沿左臂到左手亦构成了另一边；头部、身躯直到臀部则形成了金字塔的中轴。与这一内在结构形成对比的是外轮廓各种弯曲度不等的弧线，它们有助于增强人物整体的静态感和几何形的优美性。如若仔细观察，我们会发觉拔示巴的左臂与左手似乎比例过大了，但令人惊奇的是它们在画面中竟仍非常妥帖！因为这一被稍稍夸张的部分，连同略微前倾的头颅一道，缓和了由于左、右小腿与金字塔中轴相偏离而造成的不稳定感。但即使如此，这一平衡仍稍有不稳定感，但也正是这尚存的微妙的不稳定感，使美妙的人体呈现着神秘的动势与活力。待到这时，我们便不得不对整幅画面所传达出的深刻而丰富的信息惊叹不已。

**图 1-3　丁方《河畔深淤》**　1998—1999 年　布面油彩　95cm×130cm
我们似乎正跋涉在一片深重的泥淖之中，但明丽的景象同时也在彼岸召唤——这个意象是整个 20 世纪 80 年代思想潮涌在我心中的烙印

# 论绘画艺术中的坚实感

一幅画必须从构图开始仔细考虑，而且在表达的过程中需要坚实有力，避免流于浮表，这样才能使画面慢慢趋近自己曾感受到的情景和所想表达的境界。

在我将脑海中贮存的一系列生动情景转化为一幅幅画面的过程中，首先碰到的是构图问题。我常常处于这种情形中：在内心充满了作画冲动的时候，各种元素都在头脑中涌现，争着要在画面中扮演主角。这些元素有城墙、门楼、房屋、窑洞、电线杆、旗杆、石墩，以及各种形状的城楼等，就像组成诗歌的词汇那样从视野四处汇集到我眼前。我对它们爱不释手。但在构图过程中无论我怎样摆放，总觉得不能称心满意，有一种零碎之感。后来有一次干脆下狠心，把电线杆、旗杆、石墩等元素都去掉，同时将城楼的形状概括化，退远了一看反而觉得效果比以前好了许多。我瞬时便明白：这是因为画面单纯而使力度增强了。

我终于悟出，越是简练的画面，告诉别人的东西反而越多，因为简练的画面给人联想的余地更大。但需要强调的是，一方面，简练并不意味着简单化，而是把次要琐碎的东西舍弃掉，只将那些体现主要结构的元素尽量表现出来。至于在多大程度上对城的结构加以变形甚至重新组合，这是一个复杂而微妙的问题。在处理这类问题的过程中，我曾尝试从一些将城的原始形态加以变形或重新组构的小构图入手。但我发现，这些富有变化的小构图虽然达到了使其具有某种新颖的形式感与活力的目的，但同时也面临着丧失力度可能；因为各种活跃的元素在画面中不安地跳动，侵蚀着城原有的严整力度。当然，我是不想以丧失力度作为代价而取得某种新颖的形式感的。不是说新颖的形式感不好，只是我不想放弃对力度的追求，它作为坚实感的基础，恰恰是我当初满怀热情想抓住的东西。但我同时认为，决不能因为遇到麻烦就停止尝试，我仍准备继续尝试在有限的画幅里容纳更大的精神容量。另一方面，画面简练单纯了，是否会随之带来单薄和潦草的后遗症呢？这确实是容易发生的毛病。我觉得若要在实践中克服这点，就应该反复地画下去，一直深入到不能再深入为止。实际上，我感觉这反复画的过程，就是自己慢慢寻找自己的过程。当你一遍遍地在画布上涂抹，红、黄、蓝、绿在这里被消除，又在那里出现，它们其实是在不断地吞噬、消解、融合着粗糙的激情，而使之逐渐沉淀为一种既深思熟虑又浑笃厚实的情绪，从而逐步趋近自己所期望表达的境界。这种经过反复深入而达到的"色彩笔触力度同画面结构力度有机结合"的效果，进而形成画面更加严整的力度，它应像青铜铠甲一样铿锵有力、掷地有声，容不得半点羸弱。

可是，我在这里又碰到一个问题，那就是反复不断地深入描绘很容易使画面磨腻，它导致画面滞塞阻息，而且也丧失了力度。经过在实践中反复琢磨，我体会到，深入下去并不意味着用笔越来越细小或用色愈来愈接近，而是应当坚持用笔。就像书法中的字要"写"出来而不是"磨"出来一样，形象也必须由蘸着饱和色彩的笔触去塑造。如同伦勃朗著名的《朱诺》一画中主人公的手，就是以大笔触和薄敷色反复画出来的；而奥罗斯科的《火化》则以狂烈笔触表现了他胸中的表现主义情感。尤其是后者，使我深刻感悟到如何在笔触与笔触、色彩与色彩的相互交叉覆盖之中求得画面强有力的塑造感。关键是：这种塑造感应既是浑厚而坚实的，同时又是用笔"画"出来而不是"蹭"出来的，这是一桩需要多年锤炼才能达到的功夫。但无论如何，上述这些都是手段而不是目的，它们共同指向的目标只有一个：通过简练的画面和坚实的描绘来表现中国的气派和华夏文化所代表的东方艺术精神，就像那端庄凝重的青铜艺术和豪放粗犷的秦汉雕刻一样。我始终认为，在辽阔的东方大陆中尚缄默着的伟力，乃是它今后赖以跻身于人类未来文化之林的根基。

我虽然从中国大地的景观和氛围中获得了创作的原动力，但这只能说是我的创作源泉和契机的一部分。我目前学习研究的专业领域是油画。既然是油画，它就必然要和西方悠久而丰富的油画传统发生联系，西方油画史上诸大师对我的影响也必然成为我的另一部分创作源泉和契机。这种影响包纳的范围很广，既有精神内容方面的，也有形式技巧方面的。但对不同的人来说，由于各人自身气质志趣的不同，其吸收、理解、发挥的侧重点也各不相同。譬如，我对画面坚实感的体验是在观看了库尔贝的作品之后才进一步有所体会的。1984年在北京专门展示法国卢浮宫艺术珍品的展览上，库尔贝的《静物·鲫鱼》对我有着某种特殊的吸引力。库尔贝虽是以对当时法兰西的传统审美理想提出有力挑战而闻名于世的，但他谙熟古典传统的精髓。他画册上的作品都给人一种严谨瓷实、老老实实做工夫的感觉。面对他的原作，这种感觉得到了直观的证实。从构图上讲，这幅作品具有一种古典的沉毅精神，各种物体被安排得妥帖稳当。色调很暗的暗部画得轻松坦然，尤其是主要物体——鱼的明暗分界线部分和亮部更是画得非常坚实，在稳健的笔触和厚涂的颜料中闪耀着银灰色的美丽光泽，焕发着动人的魅力。当然，技巧只是一个方面，更重要的是我们能透过这技巧看到库尔贝一颗真挚而坚强的心灵，它无时无刻不显露出对眼前最朴实存在的某种强烈关注，并直率地将这种关注转化为真诚的描绘。这关注的强烈程度一方面使库尔贝能够赋予画面中的每个物体以安稳、坚实和永恒的力量，另一方面使得他那种关注实际上超越了一般的理解和趣味爱好而具有了一种自身存在的意义。

如果说这种关注在库尔贝那里还没有被完全上升到一种自觉意

识的话，那么被库尔贝的这种精神指向所启迪的塞尚则明确了这一点，并且向着更加宏伟、坚实的纵深发展开拓。换句话说，塞尚并没有沿用库尔贝的具体技巧，但在对客观外界的存在之物倾注强烈关注之情方面，塞尚继承了库尔贝，并在库尔贝原有的基础上有了新的发展改进。这种发展当然是按照塞尚自己的个人气质和理解演进的。哪怕仅从塞尚画作的印刷品上，我们也能明显感觉到他追求坚实、宏伟境界的意图。从画面的反复涂抹修整的痕迹上，我们可以看到塞尚是如何在反复刻画的过程中找寻自己最贴切的那一点感觉，从而不断迫近自己所崇尚神往的意境。如1899年画的《安布普罗瓦斯·沃拉德肖像》，这是一幅看似并不很复杂的男人肖像，殊不知这个简单的坐姿竟被反复画了一百遍之多。据说不幸的沃拉德先生被画得实在疲倦了，以致从坐着的扶椅上摔下来。那么塞尚呢？大家都是人，都是血肉之躯，他就不倦吗？确实，塞尚始终是目光炯炯，紧握蘸满颜色的画笔的右手在空中颤抖着、迟疑着，不肯轻易下笔。那么究竟是什么强大的动力使塞尚毫不厌烦地反复描画同一个熟悉的对象、同一个单调的坐姿呢？答案只有一个：那就是塞尚渴望通过反复描绘的探索而找到他期望表达的境界的心情压倒了一切，它给了塞尚无穷的精力。此外，我们还可从这事实中得出这样一个结论，那就是坚实的含义是广义的。它也许不仅仅是指完成了的画面或画面中的物体被描绘得如何准确、结实，甚或用光、用笔怎样厚重、坚实等，还应包括追求探索的过程，即在反复不断的描绘过程中，画家的情感逐渐被锤炼得愈益明确、沉着、坚实。这种感情可以简练，可以复杂，可以宏大，也可以细腻，但必须坚实。这样才能使画有分量，从而打动观众的心灵。

如若作者的感情没有经过探索之苦和反复锤炼的艰难过程，那么其作品也一定是模糊轻浮、缺乏坚实之感的。这种作品对于观者来说就如同身上穿着棉衣被砸了一个棉花团，毫无反应。所以，美术史上常说某时代的某大师对其后时代的某大师产生影响，这里既有描绘技法上的传承发扬，也有精神追求方面的启迪指引，而后者往往容易被忽视。毕加索一生推崇库尔贝、塞尚，其中的主要之点也在坚实感这个环节上。我曾经有幸在上海观看了毕加索的原作展览，有一幅画特别能说明问题。这位叱咤风云、风格多变的艺术大师在其晚年所作的一幅题名为《斗牛士》的自画像中，从各方面都体现出一种坚实之感，反映出毕加索在其人生道路的垂暮之年的一种沉稳的自信。如果仅从画面的外观来看，似乎得不出一个所以然，那分明是立体派、黑人艺术和超现实主义浑然一体的综合。但若静下心来仔细分析，就不难从构图上窥到深藏在这幅画中的超现实主义意图之后的古典意味（这首先从略呈金字塔形的人物造型中看出）。在色调方面，灰绿、暖褐、灰蓝和白色有节奏地构成一个结实沉着的调子，甚至有点庄重肃穆的味道。然而最精彩的是那沉着老到的用笔：色彩饱满的笔势无论在速度上还是在力度上都运用得恰到好处，含蓄而不踌躇，轻松而不虚浮。结构线、烟斗、烟圈、斗牛剑都勾勒得浑然而有分量，厚重而不滞腻，使画面的坚实感更趋完满。

　　由此看来，在库尔贝、塞尚、毕加索那里，虽然他们所处的时代不同，各自的目标、风格与追求也不同，但他们都在坚实感这一点上共通一致。这也许可被解释为他们的风格嗜好和艺术志趣恰好类似，但更可能是他们对自己所信奉的艺术信念坚定不移的某种标志。正是这种对自己日夜追求的信念和目标的坚定的实在感，使他们在画布上留下了痛苦艰辛、坦然自信的坚实痕迹，使他们坐在画布前面不停地画，甚至都把板凳坐烂了，使他们顶住了各种菲薄妄评而孜孜探求自己的艺术道路，并最终做出了成就。当然，从这个方面来理解坚实感只是许多种理解方法中的一种，但尝试把大师作品中的某种因素上升到一种艺术人格的体现和召唤，倒确实挺激动人心。毋庸讳言，我们也正需要从这鼓舞中不断汲取精神力量与人格力量。至于形式、技巧，则是在这种精神人格力量光芒的照耀下选择的，如同先有了阳光才有了月光。

　　事实上，前辈大师作品中的坚实感的客观存在是一回事，我们如今对这种客观存在的理解是另一回事。当然，对创作者来说，最好的方法是为我所用。我们今天阅读美术史、研究并分析前辈大师的作品，无非就是为了更深入、更有侧重点地理解作品和大师本人，将其与自己的追求方向和艺术经验串联起来，从中获得联想、启迪、发现，最终目的是创作出更多的好作品。

　　上述认识只不过是通过对"坚实感"这一画面因素的理解，引出一个创作者如何研习美术史和大师作品的一般方法或特殊感受。当我们能够真正通过前辈大师的作品透视到大师灵魂中的精神力量与人格力量，感受到它的光泽，并经由此根本而洞悉大师之所以运用各种形式技巧的奥秘，再加上我们对本民族文化持续深入的体验、理解，就定会给我们以后的创作带来更多的益处。同时，我们亦犹如站在了此岸而遥望到了彼岸世界，知晓了这中间的差距，永不满足；并结出特有的艺术果实，不与前因雷同。而耕耘者们最初的期望能否实现，以及艺术的果实能否在金色之秋摇曳在灿烂的阳光下，那就要看我们渴望的心灵能否获得土地的力量，而耕耘的恒心又能否感动土地了。

## 论现代艺术的精神

就形式而言，现代艺术发出的挑战，主要是针对自法国大革命以来所承认的艺术标准。而旧标准的形成是法国大革命的必然结果，因为那次革命创建了西方现代社会，并把社会分割成不同活动领域。秩序的创立把科学分析和哲学思辨分开、技术和科学分开，形成了科学和艺术分开的学院制度。其结果是使现代人产生了隔膜，失去了文艺复兴时代巨人般的综合精神与物质、整体地理解与把握世界的能力。灵魂萎缩了。但真诚和决心在一些伟大的灵魂中没有消退，而是日益高涨。

艺术对任何未来的人来说，都是我们时代的形象和印记，不管是额前辉煌的印记还是颊上黯淡的伤疤，总之，只要真诚，它便会成为印记。一个英俊的青年哪怕少了一个无所谓的小脚趾也不行，况且它也许会在另一些人眼中变成夜明珠。不同的文化有不同的现象，不同的人有不同的真理。这不是说舍弃永恒，因为永恒的理念就蕴含在永恒的追寻中，就蕴含在这永无休止而真切的生命体验中，它属于人类天性中最深处的基本感情——对希望的追寻。在永恒之树上，我们不会说某个结疤不属于这棵树，因为丰盛的果实迟早干瘪并先行落下，而结疤处往往不久会抽出新芽。至于现代艺术是一服惨痛的药剂，它是我们人类为了自己追求的一些东西而必须付出的代价。前代获得的成就不但没有给后代的趣味带来培育和净化之功，反而被后代加以破坏。传统由第一流的人物创造，由第二流的人物败坏。

一个民族愈深刻地感受其内在经验，其生命力就愈旺盛。汉尼拔时代的罗马人是一个民族，而图拉真之后的罗马人只是一堆人口。"民族"不是"几亿、几十亿"，而是一种最精粹的性格，无论它是属于形体或灵魂。事实的真相是，在民族中展现自我的一方面是"血液"，另一方面是覆盖于血液上的土地的力量。一个民族今后是否有发展取决于它打破自身的程度。因为自古以来每一系统思想的最高理想是要迫使生命屈服于心智的统辖，也就是强迫血液的声音在普遍的伦理原则之前沉默。

　　中国美学理想的确是一个超价值尺度的情态，而且有着象征的对应物——太极图，它是中国的精神——"道"的图释。如同其他东方民族的宇宙观一样（人是整个自然的一个有机组成部分，应负责任），对于中国的觉醒意识而言，天地并不对立，且各为外在宇宙的一半，相辅相成。那种周期性的生成变化过程表现为"阴""阳"的相互作用，生生不息。在人身上表现为两种灵魂（气）："坤"代表阴性、尘土、黑暗、寒冷；"乾"则代表阳性、高明、光亮、永恒。在人以外，江河、大地、苍宇到处被"乾""坤"两类灵魂所充斥、推移，所以中国灵魂是到处潇洒地"徜徉"，并以其他各个民族艺术中所没有的"飞天"作为表征（它的意义绝不同于天使）。总之，中国的人与神是经由亲切的自然获得沟通的。我们看到秦始皇、武则天、霍去病的陵墓，它们都是倚山傍壑，与天遥相呼应。立于两侧的石马石狮拱卫鼎立，俯瞰八百里秦川。九龙壁的台阶沿廊渐渐深入大地，与自然巧妙衔接。中国的庙宇亦不是一个自足的建筑物（如帕特神庙、哥特式大尖顶教堂、巴黎圣母院或金字塔那样），而是一种风景设计，与自然有着悠然的和谐过渡关系。再看晋祠，苍松古柏将圣母殿环绕其中，殿宇的飞檐翘首与苍天相通，回廊蜿蜒与大地相连。宫殿建筑则是平面的展延——通过强调其代表建筑精神的天花板而达到的。如同宫殿、园林建筑中迂回曲折的通道，经过门、跨过桥、环绕着小山与院墙，而后才达到其终点一样，国画的画面也不是一眼可以望尽的，而要有时间的顺序和空间的秩序，眼睛从一个空间构件慢慢移向另一个空间构件才可以（绘画中如同翱翔于半空中的俯视视点亦是有其深刻的象征意义和心理根源的）。这广袤的平面展延不是散漫无边的，而是有着集中式的方向感。阴阳集中于道。对人而言，身上的阴阳分合即是他生命中的"道"。"道"包含了"理"，"理"是由人在"道"中认知并抽离出来的，以便在未来应用到各种固定关系中。早在《周易》中，"道"就把时间、命运、导向、种族、历史等以包天盖地的广大视景予以沉思并包纳其中。中医中的阴阳两气、武术中的运气乃至艺术中的气韵，无一不是从中推演、派生出来的。不过这还只是提起了一张大网中的一根纲，还须把它放在更加广阔的背景中加以考察。

真正的思想家会认为所有认知的天地都被它自身的形式所限制，且血液强于语言。文字是由线条组成，写画出的线条愈具有特性，愈说明握笔者具有某种族血液的特性，只有僧侣之辈才对文字的适当形式持一份过分的敬意，并不断去努力复制文字的形式。这个差

图1-4  丁方《精神的窄门》  2007年  综合材料  45cm×80cm
在西北风猛烈地吹打下，高大的岩壁墙体突显出大陆性严酷气候下特有的粗粝质地，条状筋脉以力挽狂澜的姿态维系着整个历史之墙的重量，为那通向未然之境的精神窄门开启帷幕

别也是行动的人与书斋学者之间的差别，前者创造历史，后者记录历史，并力图使之"永恒化"。能够面对金钱而维持不倒力量的只有血液，生命才是一切。这是我们历史中的事实。

将来的艺术家必须具有"真正的政治家"的品质。伟大的艺术家第一步要脱颖而出，超出常人；第二步则要创造一个传统，于是，他便成为一个新生命的创造者，下一个年轻的、有着丰满果实的精神始祖。伟大艺术家的出现能否成功只能取决于偶然。伟大的人常破坏多于建设。这是由他们心灵深处构成其特定气质的内在需要所决定的。他们的死亡会给历史之流造成空隙，只有新传统的奠定才能消除偶然。他应是行动的带头者与典范，因为明显的事实是再伟大的宗教也从来未改变过生命的风格。在这个只有成就才是事实的社会中，真理、正义只有靠其气质糅合了荣誉、责任、训练和决心的活生生的示范者，才能被从生命之流中唤醒。

# 抽象表现主义与东方书法

自从斯堪的纳维亚半岛和德国兴起最具明确历史意义的表现主义运动以来（这种艺术的风格就是人本身，它以其线条的强度和空间的冷峻、严厉而成为这种艺术图表式的索引），文学上有乔伊斯的《尤利西斯》、威廉·卡洛斯·威廉斯等人的诗歌，而建筑上除哥特式建筑之外，还有劳埃德·赖特、勒·柯布西耶、皮埃尔·奈尔维等人的显示了不安定线条和洗练结构的当代建筑。1913年柏林第一秋季沙龙——由康定斯基根据"内在需要"拟定的表现主义基本理论和德劳内的"色彩动力论"导引，而产生了抽象表现主义，与此同时的另一分支是具象的表现主义。在康定斯基看来，这里的"内在需要"是一种"无言的洞察力、不可名状的直觉、基本的感情和所有组成精神生活"[①]的东西。无论抽象表现主义还是具象表现主义，都与超现实主义有着密切关联。这里先简单谈一下康定斯基拟定的表现主义理论的基本核心：

艺术家首先是领悟到他的内在需要，然后力求以视觉的符号去表达这些需要，符号的特点并无意义。只有一种知识，那就是一定明确的形式具有一定的明确效果——例如一个三角形具有"它独特的精神上的芬芳"。

在具体做法上，艺术家可首先从形式和色彩着手，并不完全是为了表达一种内在需要，而是去激发一种感情的反应。但这种放弃

---

[①] 文艺学专题研究编写组：《文艺学专题研究》，华中工学院出版社1986年版，第481页。

形体后的笔致挥洒由于没有方块、字形、意、工具的约定基础，抽象表现主义就显出一种在强力洪流推动下止不住脚的彷徨失措。没有了形体，艺术家如何以眼睛和灵魂去衡量画面的轮廓、线条、色彩的美学意义和价值？如何使符号像一个签名那样自动和富有表现力？康定斯基以他敏锐的直觉预见到，在一种纯粹构图的艺术中（仅就消灭了物象而言），仅仅诉诸感觉是远远不够的，艺术品必须在较深之处——无意识领域激起回响，并指出这种回响将引起两种精神的震动：（1）个人的，它可以促成某种精神上的满足；（2）超个人的，它具有原型的样式，人类可以根据这种样式来解释自己的命运。

当然，康定斯基提出的标准是有他自己的一番含意的，就像任何一个天才对自己提出的标准一样。在这个进程中，抽象表现主义与东方书法发生了密切关联。早在十九世纪七十年代，东方书法就已在欧洲大陆逐渐确立了一种秩序井然的艺术鉴定的基础，即艺术家的笔法是他个性和特质的主要线索，同时还普遍树立了一种对于艺术品中抽象性质的欣赏能力。所以，抽象表现主义实际上是根据笔迹鉴别某人性格的书法的表现主义的扩展与苦心经营。由于西方字母虽有暗示实物和生命的姿态的意义，但缺乏方块字那种既有线、形之美又有情感、人格的表现的有如音乐舞蹈般的节奏感，再加上书法的独特工具——兽毛缚成的巨细收纵、变化无穷的笔——这些都是西方铅笔、管笔、钢笔、油画笔所无法比拟的，以至一直无法进入这一领域。但自从康定斯基的基本理论，尤其是"点、线、面"的理论诞生以来（在这理论中，点线完全抛弃了所有解释性的、功利主义的企图而转移至超逻辑的领域，从而被提升到自主的、富有表现力的高度），抽象表现主义便开始从另一条路径以一种解放的冲动姿态扑向这一方向。这些画家有马克·托贝、让·福特里埃、沃尔斯、克莱因、波洛克等，他们有的以大笔在画布上挥扫出大幅行动绘画的象征符号，有的则采用"白色的书写法"——在画面的外表覆盖上一层错综的符号的组织网，有时类似于克利的细密画规模。

这里尤其要讨论一下波洛克，他以他的行动将这一运动的美学理想向前推进了一步，提出了许多重大问题。波洛克是一位善于创造东方书法线条般的作品，并力欲发扬自己气质的抽象表现主义画家。如果一定要明确他风格的来源，那么一个是起源于马宋所代表的超现实主义的叛逆方面，某几处可能仰仗于通过马宋、米罗直接传播过来的未来派的动力主义。他是这样将抽象表现主义的基石——"持续动力"的观念推向高峰的。他将颜料一边摇晃一边滴落在画布上（这画布是铺在硬质地面上且不上内框的），还使用棍子、泥铲、刀子、沙子和碎玻璃。这是深受印第安人沙画影响的作画过程，把一种生命的体验融入画中，这与张旭见公孙大娘舞剑因悟草书、吴道子同裴将军舞剑而画法益进颇有共通之处。借助"舞"——这最高度的韵律、节奏、秩序、生命的旋动、力的热情——和"舞"得以在其间的"空间"，而将意念具象化。但一种源于严酷沙漠上印第安人热烈走动的祈冥式沙画的创作，更便于凸显原始生命的激情、冲动、线条的强力度与猝发性。另一个是源于行神如空、行气如虹的热烈之舞，是一种从深不可测的玄冥体验中升华而出的激情，有如杜甫诗云："昔有佳人公孙氏，一舞剑器动四方，观者如山色沮丧，天地为之久低昂。"[①] 在自我意识这一环节上，抽象表现主义显示出一种与西方一贯的以强烈的知性逻辑认识自然、创造自然的"自我"的相背，即由主动变为被动，这被动性亦是抽象表现主义与超现实主义的一个深藏的联结点。波洛克说："当我'进入'我的画中，我一时意识不到我在做什么，只有经过一种'熟悉情况'的阶段之后，我才看到我是在干什么。我不怕反复修改，'摧毁形象'等等，因为绘画有它自己的生命，我不过让这种生命出现。只有我脱离了绘画时，绘画的结果才是一团糟。反之只要我接触绘画时，就会有着纯粹的谐调，

---

[①] （唐）杜甫：《观公孙大娘弟子舞剑器行·并序》。

自然的融洽，而且绘画也完美地产生出来。"①与布鲁东1924年超现实主义宣言比较："先找到一个尽可能有利于使你自己凝神定气的地方，然后让另一个人将笔递给你。尽量使你自己处于最敏锐的被动状态之下，忘掉你的天分，你的才气。一种力图与社会及要求相隔离的行动，是一种主动性的'被动'。"②具体说来，这种不安定来自波洛克对所有形式都平均地使用它们的表现力，因而使各个形式失去了各自的特点而丧失了许多象征力量。里德认为波洛克的画不含有象征主义的暗示，相反却含有摧毁形象及其象征的联想的欲望。在艺术家自我的最深处，心灵无时无刻不在"受自我怀疑的折磨以及焦虑的鞭打"。这种充满危机感的"被动性"自我意识，可能是一种更广阔的政治、经济、文化上的错综危机的折射与反映。

再看看东方书法的重心，《运笔部势诀》云：字要成"上下相望、左右相近、四隅相招、大小相副、长短阔狭、临时变适"的八方点画环拱中心的空间单位。在九宫格和米字格中也得到印证：九宫格是一个内有井字形结构的方形，米字格是八卦图像的衍化。米字格串联八卦的乾、坤、震、巽、坎、离、艮、兑八个方位的四根直线而成其图形，并分别以八法相属。九宫格的中宫和米字格交点是永字结构的中心聚合点，也是"无法生有法"的关键。所以，也是自我外通现实、内达幽冥的纽结点。由这中心的把握控制，在书法每一最基本的生命体即一个字中，自我都能在所创造的有血有肉、有筋骨的活泼空间中得其所在，游弋其中，尽情地表现情感与人格。所以，抽象表现主义迸发的是生命（原始）冲动的激情之美，书法焕发的是生命（热情）沉醉的超越之美。

这样说来，书法岂不成了一种表现主义了吗？的确如此，因为表现主义的理论是一种广泛有效的基本理论，它关联到人类的一般

---

① 转引自李思孝：《从古典主义到现代主义：欧洲近代文艺思潮论》，首都师范大学出版社1997年版，第493页。
② 姜德溥：《塔希主义与中国当代水墨画家》，《美术》1989年第1期。

心理学，但不涉及任何种族上的差异。精神的追求和自我的宣泄是全人类的景况，如果说民族与民族之间有不同的话，那么也只是各个民族精神追求的强弱不等和自我宣泄的方式差异。西方表现主义的精神意向犹如哥特式教堂那冷峻尖锐而洗练的线型，在高强度的绷紧中义无反顾地在其幽深背景上贯穿而去；而东方表现主义——书法的精神意向则有如一片辉煌建筑的曲折回廊，在三步一嗟五步一咏的自我沉醉之观赏中柔韧而行，其热情豪迈如武侠的醉剑。在这里总有"酒"这个东西。在这种知与行的内外交合的现实体验中获得一种沉醉式的超越。在这里，情感早已从物象中解放出来而浓缩成线条的有机构成。从这种被还原了的线条索引出发，西方线条强调绷紧的力度与猝发的锐力；东方则强调具有高度控制力的欲行而止和抑扬顿挫，以便在内部细细地体味动之以旋、润之以转、居之以旷，出如截、入如揭、能圆能方、能直能曲、能上能下、左右均齐、凸凹突兀、断或横斜，如水之就下、如火之炎上等各种生命的形态。

无论抽象表现主义还是书法表现主义，都带有强烈的生命体验的色彩。但在生命的第一种必然即因果的必然——空间的逻辑上，两者有重大差异：抽象表现主义意欲将自我与贯穿于西方社会的那种"统摄自然的自我"隔离开，是西方自我意识在行进过程中企图以反叛步入另一条道路，有其明显的"逆向性"与"主动地被动性"；而东方表现主义——书法的自我则是一种连绵不断的生命体验，在一路顾盼、沉醉、远瞻、观赏中慢慢地趋向终点，有一种"约定的主动"。然而，我觉得在这一切后面还深深隐藏着体现这生命的第二种必然即命运的必然——时间的逻辑。这无论对东方还是西方来说都是一种极深刻的内在确定，比如，在抽象表现主义中，时间直线左右着它的表现形态；在东方表现主义中，时间循环观厘定着书法的表现形态。这里限于篇幅，以后再论。

背离了以工业技术为代表的"统摄自然的自我"的表征的抽象

表现主义运动，究竟是给予艺术走向光明的动力还是反之以招致毁灭的诱惑？19世纪以来，"艺术"与"科学"活动的区别已造成了一种事实：在现代艺术本身及它与广大群众之间的关系上仍然存在着强烈的冲突，人们是既在追求它而同时又在拒绝它（而在更早的年代，这些往往是集于一身的）。但这类问题可能已不在本文的讨论范围之内了。问题归结起来，当如此多年风格上的剧变的狂热步伐已显著迟缓下来并复归于沉寂时，也就是一部分人去寻找一种新的开端、一个"分歧点的原型"的时候了。它或许是一种不抛弃任何人类思想文化遗产的综合。在一件最后的（艺术）成品里所含有的特质中，"杰作"这个观念已不再是注意力的重心了。我们注意的是如何创造一个作为一种"分歧点的原型"，它具有一种明确而独特的品质，那就是经由它不断地追求改进而趋于某种完满。

## "城"——文化反思的象征

　　我一直在追寻着一种蕴藏于北方大地中的精神。这也许是蛰伏于儿时记忆深处的某种幻念，也许只不过是我个人气质成长后的某种特殊偏爱。在我从长河的那边渡过来，登上这岸时，在我迎着曙曦的微光，朝着那座城——高高地矗立于岗顶之上的城行走时，我始终怀着一种不可名状的感动，探索这城中的奥秘，并追忆那被忘怀在最深处的事物。

　　当我气喘吁吁地从谷底沿着陡壁攀援上失修的城基，小心翼翼地跃入城池；当我无数次独自踯躅于残缺的城垣下，或步上城堡的顶端，轻抚着尚完好的城垛而陷入茫然；当我钻过城垣某个被遗忘的隐秘出口而返归陡峻的岸边，以重温那蓦见大河彼岸无尽的灿灿大地时的惊喜，一种说不出的历史苦味贯穿于我所感受到的东方命运之中。似乎历史的过去、未来、现在都在这渺小的生命个体中被强烈地体验到了，尽管我知道这只是一种彻头彻尾的幻觉。但也正是这幻觉使我兴奋、激动，以至手指触到了画笔。于是，一幅幅在"幻觉"启示下的画面出现在画布上。

　　对一个古老的民族来说，一卷过于悠久的历史不能不是一种过重的负担，犹如监狱里埋藏的黄金的种子。如此，我便试图以城来作为对中国文化反思的象征。

　　我力求这样表现，即在画面上只出现最本质的东西——天、地、城，以及感受这些基本存在的生命。多余的东西都割舍了，就像除去饰物的人体一样。因为愈单纯就愈有力。也正是从这点出发，我以为不应该去过多地改变城的原形,仅止于简练单纯就够了。如果打破它原来的形态结构而加以重新组合构造,虽能获得某种新颖的形式感和活力,但同时也损失了它的原始力度——而这正是我最初满怀热忱追求的东西。所以,我不愿付出丧失力度的代价,不管其后能得到多少补偿。

而不知从何处而来的光可以理解为是心理所赋予的,它不仅弥漫在天空,而且投射到坚实、粗粝的城与土地上,给予它们命运般的神秘色彩。正是这色彩永恒昭示着那未被了解的一切。同时我坚信,这暂时被笼罩在悒郁氛围中的境界,一定会凭借着自身的力度而腾燃开来。我认为这信念的存在本身就比其他更有意义。毋庸讳言,我追求的是一种浑朴的现实风格,它力图通过单纯的画面和坚实的描绘来表现深藏的北方精神。它也许被认为是陈旧的,但亦更有力。我始终坚持认为东方大地之中尚在缄默的伟力,便是它今后赖以跻身于人类精神殿堂的基础。

图1-5 丁方《山峰》 2006年 综合材料 45cm×80cm
这是中国的山峰,筋脉凸显且遍布创痛。它卓然屹立于地球的高原之上,在那里回荡着金属般深沉的闷响

# 关于艺术本体建构

中国的艺术，不应与西方的现代、后现代艺术攀附比肩。这倒不是"中国的国情"使然，而是我们应该认真思考一下西方现代主义与后现代主义的来源。我们会发现它们所要反叛和消解的东西是西方的精神文化传统，而我们高举现代主义、后现代主义的理论旗帜与形式衣钵所欲针对的却是一些非终极性的、阶段性的社会思潮等事物。这使我们陷入了一个尴尬的误会之中：看似拣起了批判的武器，但竟未找到批判的对象！因此，当这一建立在虚假基础上的批判时过境迁之后，我们会发现自己仍旧在一片精神的废墟中漂泊。

实际上，最深刻的批判就是全新的建构。一切表面的批判均是为这一精神建构的出场扫清外围。精神就是艺术，所以，精神的建构就是艺术的建构。从来不存在没有外显形式的单独精神，也不存在没有精神的伟大艺术形式。在此意义上，我们可以这么说，每个艺术门类都应努力去建构自己的精神大厦——艺术本体。

油画的表现语言是建构油画艺术本体的基本要素。它向油画艺术提供了不可替代的、原创性的灵魂表白。这一表白具有不为物质进步、时代变幻所动的永恒性质。它给予人们的绝不只是一般意义上的美感及官能刺激，而是人类灵魂活动的表述、苦难记忆的备忘、神圣之光降临的见证。蒙克那并不柔美的线条、苏丁那并不舒适的造型、卢奥那并不悦目的肌理、凡·高那并不优雅的笔触、柯克西卡那并不欢乐的色彩，就是这种表述、备忘与见证的活生生的范例。

但是，作为扎根于东方大陆的中国人，难道要步趋西方油画大师们已走过的路吗？当然不是，况且他们走过的路也是模仿不了的。

关键在于西方油画大师们的艺术并非只属于西方，而是属于全人类的，是全人类普遍性精神活动的艺术言说。除非有人硬要将自己排除在人类之外。再者，中国有如此广袤的大地，有如此丰富的生活，有如此深厚的磨难，足以为伟大的作品之产生提供得天独厚的条件。如果说中国迄今为止还未产生真正意义上属于人类的油画作品，那么只能归结为中国油画家还不具备自足的精神。于是，也就没有形式可言。那种就笔触谈笔触、就色彩谈色彩的做法是无关宏旨的，尽管持论者自以为已深入到油画艺术的正堂了，其实只不过是为西方某些批评家的菜谱大全添上了一道东方风味小吃而已。

我以为，中国的油画艺术家们首先应牢记自己是"人"而不要念念不忘自己是"中国人"，认真研究那些真正属于人类所共有的精神文化传统（这里当然还牵涉一个真与伪的价值判断）。在此基础上，才能理解"精神就是艺术家"的含义，才能对油画语言的解读有一个全新的视域，才能为中国未来的油画语言建构寻到一条不再自欺欺人的、真正有希望的道路。

## 在大师作品的背后

在大师留给世人的作品背后，是他们流溢着痛苦光辉的生命状态。这血肉丰满的生命状态折射出他们所处的那个时代的灵魂。可以说，我们只有透视到大师作品的背后，才能在最高的意义上充分地把握大师的作品。但丁《神曲》留下的不仅是神圣纯洁的诗行与格律严谨的节律，米开朗琪罗的宏伟作品遗留给我们的不仅仅是恢宏有力的构图和剧烈扭旋的形体，同样，贝多芬奉给世人的也不仅是崇伟壮丽的乐思与无与伦比的旋律。除了这些，他们那颗对人类普遍问题深切关怀的灵魂，以及展现这灵魂的生命状态，才是作品中更深层的东西。正是这些东西才决定了大师作品的直观形态。当贝多芬深情地说"它（指《D大调庄严弥撒曲》）从我心中流出，流入万众的心田"①时，揭示的正是这种底蕴。

如若我们过于把自己当作一个"艺术家"而不是一个"人"，而且只埋头于对大师作品的所谓"研究"，也许能够熟知大师的每一根线条和色彩、每一个诗句与章节，但实际上仍与大师离得很远。心态的隔膜是无法仅仅通过熟知作品技巧来弥补的。

一个伟大艺术家首先是一个血肉丰盈的人、一个有着信仰情怀的人。如果他所处的那个时代之风暴焦点集中体现在诸如宗教、政治或军事这些"远离艺术"的领域，他亦会毫不犹豫地投入其中。值得注意的是，这种行为并未妨碍他们创造出最为宏伟精深的杰作。

---

① 贝多芬为其作品《D大调庄严弥撒曲》的题词。

因为关心政治、宗教、军事只是一个表象，实质上他是关注体现在这些领域中的人类命运和前途问题。尤其是在一个终极价值观念和信仰根基发生剧烈变化的时代——这种时代一般被称为大时代，一个伟大艺术家的灵魂良知与信仰情怀使他无法对人类的困境坐视不管而遁入艺术象牙塔之中，他会肩负起探寻新的终极价值标准和为整个人类寻找意义的艰巨而永恒的使命。当然，大师的伟大还在于他们排斥说教，他们以凝结了自己鲜血、生命和泪水的艺术形式体现他们的追寻。

记叙伟大艺术家的意义绝不在于一些逸事趣闻，而在于展现大师在一个更为广阔的大文化背景中的生命状态。这种生命状态会凝聚成一个丰满淋漓、有血有肉的人格。正是这人格，成为伟大作品背后深藏着的精神力量和永恒动因。也正因为是一个"人"，他们有弱点，有狂热（如贝多芬的暴躁乖戾，米开朗琪罗的犹豫猜忌，但丁的矛盾心理，毕加索的性情无常等）。但我们不得不承认：他们是真诚地生活在一个真实的生命状态中，这裸露的真诚使他们付出了惨痛的代价，同时也使他们有福肩负并承担起那个时代对个体生命的挑战，以及永恒命运对整个人类的挑战。这对于当今的时代显然具有启示意义。

# 墨西哥画派的启发

——建立中国油画评价标准探讨之一

关于中国油画建立自己的评价标准，从时间上讲是一个迟早的问题，从空间角度来看则是一个超越油画之外的文化问题。我们谈论此问题的比照背景，是一直处于强势的西方文明。那么，西方文明的现状究竟怎样呢？显然是出了很大的问题。从奥斯瓦尔德·斯宾格勒20世纪20年代写的《西方的没落》，经阿诺德·汤因比所著的《历史研究》直至塞缪尔·亨廷顿的《文明的冲突》，西方文明内部具有眼光的历史学家始终在指出西方文明逐步走向没落的趋势，而西方的文化艺术亦同样趋向没落。我以为，导致西方文化艺术没落趋势的原因有两个：其一是西方文化艺术积累的历史过于强大，使后人充满无所作为之感；其二是资源基本已消耗殆尽——基督教信仰、人的解放与文艺复兴、现代城市与科技文明作为西方艺术的三大资源，已在过去1700多年中将潜能开发完毕，现时代的艺术家们正面对一道深不见底的人文资源的危机之渊。

史学界曾有一件极富象征意义的轶事，就是史学巨著《历史研究》的作者阿诺德·汤因比在对西方文明发出深深的忧叹时，将目光转向了东方，他甚至以诗意的笔调表达过这样一种希冀：有一天，从离天最近而未被现代城市文明污染的青藏高原下来一批"牧人"，用新的"精神之鞭"抽打和警醒那些精神颓废、脑满肠肥的现代社会中的"羊群"，以求一改人类文明的委顿现状。这看似浪漫的设想传达了一个重要的精神隐喻，即第一流的思想家始终关注着人类文明的现状与生存环境、文化地理资源之间的对应关系，这一对应关系不是历史阶段性的，而是终极意义上的。

即使是在西方文化艺术最强大繁盛的时期，近代艺术史上也不乏非西方文化艺术辉煌一时的成功范例。比如，在拉美艺术中，墨西哥壁画三杰可谓是集中的代表。迭戈·里维拉、大卫·阿尔法罗·西盖罗斯、何塞·克莱门特·奥罗斯科三人所擎起的壁画大旗，将墨西哥民族精神弘扬至一个前所未有的高度。正如电影大师爱森斯坦所说，"西盖罗斯的作品绝妙地证明，一个真正卓越的艺术家首先是伟大社会思想及对伟大思想深信不疑的表现者。这种信念愈强，这个艺术家就越伟大。"①

壁画三杰所生长的年代，国内动荡不安，内战连连，国际上则是西方艺术一统天下。他们均有游历欧洲，接受西方艺术熏陶和影响的经历。如西盖罗斯曾在巴黎与"巴黎画派"的画家们过往甚密，并在法国、比利时、意大利美术馆中临摹世界名作，悉心钻研古典艺术之精髓；里维拉对意大利文艺复兴的壁画之父乔托庄重严谨的描绘风格进行了完整的借鉴；奥罗斯科则从立体派和表现主义的形式手法中获得很多启发。但不论如何借鉴，这些他山之石均只是壁画三杰构建本民族精神性艺术的基础，关键在于他们最终将溯源的脚跟立在本土。1924 年，他们发表了《社会、政治及美学宣言》，明确指出"古代印第安部族的艺术和文化，实际上属于人类天才的最伟大创造。过去在墨西哥到处寻找黄金的西班牙征服者，就曾为不知马、铁，甚至不知普通车轮的人民所建造的雄伟金字塔、宫殿和庙宇而惊讶。阿兹特克人的国都——特诺奇蒂特兰城，使他们感到有如仙山琼阁"②。他们自信地宣告："墨西哥人民的艺术是世

---

① 转引自龚云表：《渴望生活》，同济大学出版社 2014 年版，第 206 页
② ［苏］奥列格·谢苗诺夫：《墨西哥画家西盖罗斯》，张荣生、刘善泽译，人民美术出版社 1987 年版，第 59 页。

界上最伟大和最健康的精神生活的表现，这种艺术的传统是我们的最大财富。"自此，墨西哥画家群便没有在意或计较追逐西方艺术的"国际潮流"，而义无反顾地返回他们的生存之本——广袤的墨西哥高原、雄浑的安第斯山脉、浩瀚的亚马孙河、伟大的特诺奇蒂特兰城遗址，以及丰厚的印第安艺术传统，从这些西方所没有的本质资源中汲取营养，从而创造出足以和西方现代艺术相抗衡的伟大艺术作品。

1925年，当阿特尔博士在《马切蒂报》上发表文章将壁画运动称为"墨西哥的文艺复兴"时，几乎所有人都嘲笑他，因为他竟敢把"我们那群厚颜无耻的拙劣画家"与意大利的大画家们相提并论！但十年之后，阿特尔博士的提法已能在所有论述20世纪艺术的重要著作中见到。当然，墨西哥壁画运动也掺杂了许多其他因素，也存在绘画形式的某些缺陷，但瑕不掩瑜，它巨大的力量和强烈的精神指向，在20世纪世界艺术史上留下了深刻的印记。

话说回来，建立中国油画的评价标准，是构建中国艺术评价体系的一个有机组成部分。它必然是一个漫长的过程，这个过程是一个不抛弃人类历史进程中任何精华与成果的过程，是一个不断地与人类共同价值标准相契合的过程，也是一个更为清晰地保留与弘扬中华民族独特的历史观与审美价值的过程。在这个评价体系中，各种艺术形式和艺术门类都能在一种既相互宽容又良性竞争的学术氛围中可持续地发展，其最终目的是迎来"中国的文艺复兴"。

八十年前，墨西哥壁画大师们的行动，已为我们树立了一个榜样。今天，中国的油画家们有充分的理由立足于自己雄厚的母土上，信心百倍地寄希望于未来。

# 挑战与应战
## ——三届油画展小议

油画自19世纪末传入中国以来，到21世纪伊始，已历经了一百余年的发展历程，目前呈现出形式和风格多样并举、百花齐放的局面。作为中国油画界最具学术性的"中国油画展"，从1994年的第二届到2003年的第三届，间隔了漫长的九年。九年是一个并不算长的物理时间概念，之所以说它漫长，是因为这一时期中国发生了一系列巨变，而这一巨变又恰恰处于整个世界发生历史性变革的时代。

随着20世纪70年代后期以来的对外开放，中国经济高速增长，国际上新的经济、生产、生活方式连同西方价值观和流行文化涌入中国，对中国原有的政治、经济、文化生活形成强大的冲击。对美术界而言，不仅表现为画家的价值观、历史观和艺术观的重大变化，而且体现在多种艺术语言的竞争方面——挑战架上绘画的新兴艺术样式，如装置、影像、行为等非架上艺术纷纷登场，甚至有人已在谈论"绘画究竟有没有存在的必要"这类话题。从历史的角度看，这问题是一个伪问题——因为只要人类还存在，只要人类还有生有死，绘画作为一种手工性、原创性的精神活动，作为对机械复制时代商业权力话语不妥协和抗争的形态，永远有着不可替代的存在价值。

在中国，油画艺术虽然是西方文化背景的产物，但它却因创作者人数众多而成为中国当代绘画艺术的主体。油画受到的压力也足够大。这其实是好事，使得油画有理由在压力下爆发而更上一个新的台阶。从"第三届中国油画展"来看，油画家们虽然做了很大努力，但相形之下还很不够。

首先，油画与其他相对弱小的画种（或艺术门类）相比，并未呈现出优势。与油画形成竞争之势的水墨、装置、影像、材料等画种（或艺术门类），由于多年来连续举办具有相当水准的个人展、专题展、门类展、联展以及学术研讨会，已积累了一批力作和理论成果。这种势头亦在"今日中国美术展""北京国际美术双年展"中初见端倪。相形之下，这种卓有成效的学术积累在油画界做得还不到位，再加上征集遴选作品方面还带有一些旧体制的痕迹，造成本届油画展相对缺乏扛鼎力作的状况。这与油画仍然作为国内画界中"龙头老大"的身份似不符合。

其次，都市风俗画和乡村风俗画的比重过大，尤其是各省（市）选送的作品。当我们走进各省（市）的展厅，能明显感到地域的气息和特点，但由于各种原因，这种民族性、地域性的朴素情感没有上升到一定的人文层次和精神高度，因此让人觉得面貌陈旧，至少逃不脱"新瓶装旧酒"的感觉。

再次，绘画语言有不少新的发展，如对古典绘画传统的追寻、对自由挥洒技法的运用、对画面肌理之表现力的探求、对水墨画韵味的借鉴、对中国写意传统的采纳等，但这些探索与尝试的内在价值，并未能形成必要的推动合力，而是被淹没在大批缺乏深度的平庸作品之中。

最关键的一点是，展览的作品从其内在精神结构来讲，还缺乏一种真正意义上的对西方文化的应战。我们目前所置身的时代，是一个全球化经济浪潮席卷东西方的时代，同时又是一个中华民族在全球化的挑战中证明自身的时代。但中国的油画艺术似乎对这个大时代的到来反应迟钝。这是一个需要从历史和精神文化的层面上来分析、阐述的问题。

当人们把20世纪80年代的理想与启蒙看作已过去的历史而不是仍然活着的事物，把"都市化"和"流行艺术"当作中国对全球化浪潮的回应，只说对了一半。的确，在艺术的社会学层面上，"都市化艺术"和"流行艺术"好像是对全球化的一种本然回应，但在文化与艺术的精神层面上却缺乏对西方文化的真正回应。历史告诉我们，任何一种伟大的文化艺术都是在挑战和应战中成长起来的。这里所说的"应战"区别于"反应"，严格地说，"应战"代表一种基于历史维度的、有价值立场的选择。随着九十年代以来中国在政治、经济、文化领域的巨变，中国画坛的面貌由不同流向的创作趋势逐步取代了八十年代热闹一时的艺术群体和艺术潮流，这确是一个进步。但与此同时，80年代虽粗糙但弥足珍贵的人文主义情怀也随之流失。

我认为，80年代中国艺术中最具价值的部分，就是带有人文主义文化基本特征的价值观，以及在艺术上的相应体现。它对历史提出了这样的诉求：中国艺术的真正复兴在于回归人类普遍的价值标准，在于对人所处身的现实的深刻关注，以及在此基础上具备与一个大国相称的、有历史深度和人文高度的世界胸襟。

上述几点不足，并未遮盖本届油画展上一些佳作的光彩。不少油画家对中国现实有着敏锐的反应，他们的作品从新的视角对历史问题、环境问题、社会问题进行了探索，展示出某种可贵的价值取向。但这类探索研究仍然显得"薄"。究其原因在于，一方面，油画界与人文思想学术界交往有限，人文价值关注的基础打得较浅，因而无法体现出深厚的思想；另一方面，中国传统思想向来缺乏人文主义文化的要素，至少缺乏对古代思想文化中人性因素的现代转换——如果说有的话。这就造成油画家对历史资源的借鉴显得短浅而切近，往往对"流"的借鉴运用较多，而对于"源"的研究琢磨则极少。我们应该注意到，在目前流行的价值观中，人类在垂直向度方面的经验，对心灵"深度""高度"方面的精神追求，对由人所构成的历史的正面承担，已被大大贬低甚至弃置不顾，而平面向度的经验则被片面地夸大。这其中的危险在于，当对当代现实生活的表现与关注仍停留在缺乏人文深度的艺术层面上时，"价值颠倒"的可能性也随之增大，如此距离与现实黑暗面沆瀣一气也就不远了。

当下，恢复和重振一种严肃的、向上的、大气的、具有责任感的艺术是至关重要的。这类艺术所具有的终极关怀的严肃而独立的态度，使之与以往的艺术道德说教区别开来。中国作为一个人文地理资源十分丰厚的大国，其深厚性和博大性足以对当代的油画艺术产生深远的影响。尤其是在"气息""气势""品质"方面，一种健康的、质朴的、来源于自然原创性的、具有一种拥抱此岸世界的博大胸怀与情愫，这蕴藏在我们脚边的财富，还远未很好地得到利用。因此，我们的目光要放得更远一些，还应超越国界，投射到更为遥远的地平线的那边，直达孕育人类古代文明的发源地的中东及东地中海地区。从历史的角度来看，东方世界以及中国给予西方的馈赠很多，现在是得到回报的时候了。而最大的回馈便是：中国文明在觉醒和重新崛起的过程中，获得一种完整的世界性眼光和气量，以及由此而生发的人文主义文化和艺术。

# 关于图像时代的手工性艺术

当代艺术所处的时代,是一个图像与复制技术日渐发达的时代。它使得人们在涉足有关"艺术的未来发展前景"的学术争论时,更偏向于"艺术进化论"一方。在他们看来,图像、复制技术时代的到来是人类社会进步的标志之一,它对人们视觉经验的影响力越来越占主导地位,是不可逆转的历史趋势。当下的改革开放和经济全球化正在预言着它的全面胜利,这一时刻已指日可待。一些画家在这种冲击下决定洗手不干而转投他道,而许多仍然在坚持手工艺术创作的人仿佛觉得理亏似的,有意无意地将自己封闭起来,对那些夹带着后现代、超现代理论色彩的当代图像艺术、复制艺术的现象充耳不闻,以"眼不见为净"的姿态来对抗。上述景观如果不是全部事实的话,至少也是中国当代艺术一个越来越明显的现象。

人们在看这个问题时往往忽略了一个重要的维度,即具有历史意义的"人"的生存论角度。至少上帝还没有发出准许人类改变生命的规律与限制的命令,正如巴赫那首深沉而哀婉的康塔塔《基督卧于死亡之枷锁》所揭示的那样,死亡是一剂良药。它横亘在我们生命的尽头,言说着生命存在的珍贵,昭示着历史与时间维度的价值真义。换句话说,作为人类生命终极之限定的"死亡",从根本上约定了手工性的艺术具有不可替代的价值,即在图像复制时代所具有的那种生命的方向性价值。我们通常在阅读艺术史时经常遇到这样的困惑,就是某些与生命的创造性相连的工艺或技术并不随着时代的进步而进化,恰恰相反,我们遇到的是大量的湮灭和神秘的失传。不论是商周时代青铜器的"失蜡"铸造术、应县木塔的反斗拱技术、西夏的冶炼兵器的配方，乃至最日常的砖头瓦块即所谓"秦砖汉瓦"的制造工艺，现时代的人也不得其门而入。失传对我们来说是一种遗憾，但更是一种价值。正是由于失传，方才建立了古代文明那种非承传性技术的人性维度，方才成就了那些躺在博物馆里的艺术品与器物的价值。

至于为什么会失传，那就要研究人本身了。每个时代的人都有独特的生命状态和生活方式，它们经由创造激情与物质媒介不可思议的融合而留下的痕迹是不可重复的。这是一部与人类的科技发展史平行的生命发展史，两者既相互关联，又有着本质的区别。因此，联合国教科文组织在界定"非物质文化遗产"的时候，实际上就意味着把这种不可重复的生命价值置于人类普遍价值标准的层面上。如果要否认这种源于生命自身的创造力的价值，就意味着否定历史、否定人的存在、否定生命本身。

我们并不否认，在大众传媒和机械复制时代，手工性创造活动的价值亦处于不断的变化之中，它已不再具有过去时代的那种传递信息的功能，而逐步转向一种生命的方向性价值。尤其在机械、复制技术几乎成了统治人类视觉经验领域的话语霸权时，手工性创作仍以其具有强烈个性的生命本体语言反抗着这种话语霸权，就像在暴风雨来临之际撕开乌云而透出的一片蓝天，使我们备受压抑的灵魂能看到阳光，看到更深远的宇宙。

# 启示与回应

武夷山独特的地理环境竟然将北半球 11 月的深秋变容为满目皆绿的春天，而"武夷意象"绘画创作国际交流活动把近五十名中国与德国的艺术家聚合在一起，使其春意更加盎然。

作为"世界文化遗产和世界自然遗产"双遗产，武夷山有着丰富的内涵。两国艺术家、批评家短短几天的交往与文化艺术互动，使大家经受了一次历史的旅行和文化的洗礼。

六百年前，当郑和领受了永乐大帝的圣命，率领前所未有的庞大船队七次越洋远航时，中华帝国的尊荣达到了大唐王朝以来的又一个辉煌顶点。而此时的欧洲正在为迎来文艺复兴的伟大时代做着最后的冲刺准备。

六百年后的今天，中国在经历了数百年的衰败和屈辱之后，又重新站到起跑线上，并看到了复兴的希望，就像六百年前的欧洲一样。这一复兴随着中国经济的成长和国际舆论的热评，似乎已变得越来越现实；而人们更为关心的是对中国未来文化艺术前景的展望，以及它在未来的人类文明中可能起到的作用。

具有远见卓识的历史学家曾不止一次地指出：一个古老的但仍有发展活力的文明一旦从衰颓中崛起，首先便体现为国力的发展与经济的成长，然后就是其文化自我价值的伸张，但关键在于，这一不断伸张的文化价值能否与人类共同价值共存共荣。这一观点运用在中国身上，也许是再恰当不过了。其中一个十分重要的环节，就是如何"建立中国的艺术评价标准"，这不仅代表了一种沉睡已久的心灵内在需求，而且是建立在某种历史必然趋势基础上的民族共识。

中国文明历史深厚、源远流长，仅从它自宋以降衰微停滞期长达千余年这个事实，便可看到其深厚的程度。同样，中国文明的深厚还体现在它对其他文明的包容和融汇能力上。然而，作为一个历史悠久的古老文明，中国文明在当今是否仍有强大的生命力（而不是像埃及文明、印度文明、玛雅文明等已成了供人瞻仰的活化石）？它如何在经济和国力的成长中完成现代的转换？它又怎样与世界其他文明共存共荣？这一系列问题不但需要我们综合国力的发展水平来回应，而且需要高度发达的具有中国文明特征的艺术来见证。

历史、土地、中华民族与世界人类价值的认同，是建立新的艺术评价标准的资源。从历史来看，中国文明具有五千年的历史，不仅有"第一轴心时代"诸子百家对人类思想宝库的贡献，而且有传统美学方面广博的建树与繁盛的成果。就土地而言，中国有着世界上最壮观的山脉、河流、高原，有着产生一切伟大艺术的雄厚母土，尽管它沉睡了数千年。而中华民族与世界人类价值的认同，则正在从经济基础向上层建筑以及更为深广的文化艺术领域扩展。随着世界一体化的进程，一种基于人性的普遍价值标准已越来越被人们所认同。例如，世界各国在绿色生态、环境保护、污染控制及濒危动物等问题上所体现出的协调一致性，从一个侧面证明了艺术形式风格的不同与基本价值取向的趋同，是完全可以共生相融的。这些资源将足以支持中国艺术发展所需的最主要部分。

同时，我们也要认识到，过于悠久的历史往往也是一个包袱。当我们听到德国艺术家对中国传统艺术不吝赞美之词的时候，也要看到中国当代国画界对传统表现手段并无突破性创意，以及"行画"的泛滥。这种强烈的反差只能证明中国艺术发展的当代之路还很遥远。对我们而言，文化的转型与其说是一个机遇，不如说更是一个挑战。

六百年前郑和船队的远航壮举，为中国人打开了大洋彼岸国度的经验之门。今天的中国艺术家，应该怀抱开创历史的胸怀，把郑和远航给我们的启示转换为丰盛的艺术创作成果，以无愧于中国对世界文明的传统贡献。

图1-6　丁方《**生命与岁月的纠缠**》　2006—2008年　综合材料　91cm×117cm
大胆豪放的笔触与恣意流淌的质料，使整个画面洋溢着一种精神苦闷的张力，它象征着生命在时间长河的每个节点搏战的特质

# 20世纪90年代的艺术与现实

20世纪90年代的现实是经济至上的现实，20世纪90年代的艺术是流行艺术的天下。在流行艺术的时代，大部分艺术品打上了这个时代的烙印：肤浅、琐屑、夸张、偏执和自我狂妄。这些特征好像给人们带来一种亢奋的感觉，但在这种亢奋的另一面，却是精神的极度低迷与无可奈何。这便是90年代艺术界的现实。我们不得不接受这一现实，但又决不能甘于接受它，否则，处身于这个精神贫血症泛滥时代中的人，就更加没有指望了。

在90年代有一个奇怪的现实，号称"艺术家"的人如雨后春笋，遍地皆是。仿佛只要有一把吉他、一间画室、一头披肩发，就都成了艺术家。他们中间有相当一部分人抱着以艺术做敲门砖来改变自己处境的想法，但即使是其他那些一门心思投身艺术、想借艺术来表达自己心灵感受的艺术家，其最迫切的潜台词也不过是："我痛苦！我要发泄！"这是他们在生活拮据、物质匮缺时的普遍心态，一旦经过一番折腾而得以登堂入室，就会立刻生出一种莫名的满足感，开始极为细腻地玩味自己的那一份个人情感。他们会以"玩家"的姿态出现在大众传媒上，"神侃"自己的某个意念；或者以某种陈腐的行画手法去描绘一盆花、一只猫或钟爱的女人。这种中产阶级的庸怠情调，在他们尚未彻底过上中产阶级水准的生活之际，就已玩得十分纯熟了。这是一个较少关注终极关怀的民族。于是才有这样的现象：十几亿人口的超巨民族，却没有几个像样的当代美术馆或博物馆，因为根本就没有那么多值得馆藏的艺术精品。具有精神的人群集合体叫作民族，没有精神的人群集合体称为人口。因此，汉尼拔时代的罗马人是一个民族，而图拉真时代的罗马人则只是一堆人口。艺术，便是这种精神的显现形式。

如果说金字塔是一种艺术形式的话，那么我们所感受到的恰恰是空间与实体、时间与精神的连贯延展。现时代的艺术，恰恰缺乏这种整体的气魄。因为现时代的艺术家们患上了想象力的贫乏症和精神的自我幽闭症。我不是说要今天的艺术家去再造一座金字塔，或者说金字塔是唯一好的艺术形式，而是要提醒人们注意：现时代的艺术家们早已丧失了古人曾经有的某种精神情怀（这些情怀恰恰是导致伟大艺术品产生的基础动因），特别是现代社会条块分割的分工现状已使人类艺术的样式趋于萎缩，内容流于浮泛，"文化""历史""精神""终极价值""整体性""人类性"等已被排除在现时代艺术的词典之外。作为载体的大众传媒，既可以播出《失落的文明》那样的精品，也可以充斥歌舞晚会、综艺问答之类的杂烩；而各种印刷品只是在报道和制造新闻，或沟通购物与推销的信息，至多是在传达人们对各种流行艺术样式的议论。这种全民的艺术审美情趣的退化，难道不是令人触目惊心的事实吗？人类目前面对的最严重危机是其内在精神的无根性，这种无根性使我们在现时代处于丧失判断标准的边缘。尤其在艺术界，现时代的评判标准已降到了"只要有市场，能卖好价钱，就是成功"的地步。在此，功利性成为压倒一切的因素。

现时代中的人对金钱与物质的过分关注，常常使他们已不知道何为美，不知道何为符合人性的生存环境，不知道人与自然应当建立一种怎样的关系。只要能换回金钱与物质享受，人们便不惜毁坏环境、糟践自然，在一块块土地上建造起一片片"水泥森林"。为什么人类艺术中古已有之的审美情怀，在这里会全无踪影呢？问题就在于，现时代已不是一个值得人们称道的时代。作为一个伟大时代的标志，它的艺术样式及展现形态应是多度统一化和整体化的。在这样伟大的时代中，理应既没有脱离建筑的绘画和雕塑，也没有脱离绘画与雕塑的建筑，甚至也没有脱离建筑的音乐。因为无论是歌声或画面，都必定是在物质的筑体所围合的空间中展现的，建筑早已为其设定了特定的精神空间。但在现时代，这种整一化因素却被人为地分割了，建筑的功能就是住人和办公，听音乐就到歌厅、舞厅去，雕塑、绘画则排列在画廊里。一切都被"商业化"这把刀子无情地割裂开来。由此，产生于画室和录音棚中的艺术充满了世俗气息，也就不足为怪了。

人被创造出来，就是要全面地均衡发展。世上的万物都是均衡的，哪怕是一株植物的叶子都长得十分匀称。人本身也是非常匀称的，健康的人不会缺胳膊断腿。内在均衡，则要比外在的匀称更为重要，它是灵魂正常发展的支持系统。均衡发展是人性的基本要求，难以想象让一个完整的人去单向发展，因为那是不人性的。没有人性，也就没有意义与价值可言。

21世纪的人类艺术形态，一定是在精神回归的基础上趋向于重新整合。正是在这种整合的艺术形态中，人的创造性得以重新发挥，艺术的价值与意义得以再次界定，艺术的分类学也得到全面的重整。新世纪的艺术不再只是一种唯美的或自娱的东西，它应担负其应有的使命与功能，这是它具有现实性的基础。艺术以诉诸我们的视觉、听觉的实在形式，在特定的空间中展现人的创造性和人的思维深度。在此，视觉艺术（绘画、雕塑、影视）与听觉艺术（音乐、歌唱）在特定的空间艺术（建筑）形式中，一齐集合在高贵精神的旗帜下，就犹如当年雅典人聚集在帕特农神庙内，在菲狄亚斯和米隆的建筑与雕塑、品达的颂歌、阿里恩的合唱的簇拥下，迎来与诸神欢乐的节日。真正的精神性艺术犹如一双柔和的手，抚慰着我们在现代社会中曾遭受磨难的心灵，并给予我们超越生存悲剧境况的勇气，我们在西盖罗斯、奥罗斯科、萨尔迦多的艺术中，便看到了它的存在。真正的精神性艺术犹如一面镜子，它使我们亲睹现代人堕入物质窠臼、迷失于精神荒原的情景，我们在培根、基弗尔、巴塞里茨的艺术中，便看到了它的存在。真正的精神性艺术具有眼泪的功能，它洗涤观者的面颊，并为先天禀赋高贵的人洞开内在精神之眼，我们在卢奥、柯科希卡、狄克斯、林布鲁克的艺术中，便看到了它的存在。

对20世纪90年代的艺术来说，其最重要的命题是如何从现时代艺术所造成的普遍精神困境中摆脱出来。在这一困境中，我们的生命感受力不断萎缩，我们的内在精神之眼被遮蔽，以至于滞留在粉饰与假欢的境况中。只有摆脱了这一困境，我们才有资格对新世纪的艺术进行瞻望，并以持续不懈的努力去重建新的希望。

# 当代文化与中国油画

中国油画从未像现在这样承受着如此巨大的压力和挑战,它大致体现在以下两个方面:

一方面,整个中国社会向市场经济转型导致了社会大环境的急剧变化,使得大众传媒文化和流行艺术占据了当下文化的绝对主导地位,而艺术中的终极关注与人文价值情怀则处于窒息状态。可以庆幸的是,文化艺术界对此尚有着较清醒的认识。自改革开放以来的思想启蒙和艺术理论熏陶,使得大多数文化学者与艺术家们不会怀疑这样的理念:真正的艺术肯定具有一个意义,即艺术品拥有在其自身中就得以表明的东西,它本身并不具有目的或用处。为用处和利益服务的艺术是对艺术的背叛,也就是说,尽管艺术家可以为一个具体目的去创作艺术品——比如受委托而创作公共雕塑、肖像、室内装饰等,但艺术品绝不能仅仅是实现目的的手段。只有当那种不关系利害、不具有功利性的游戏因素在一件作品中占主导地位时,艺术才称之为艺术。

另一方面,中国油画正面临着当代文化危机的挑战,这是更为艰巨而深层的挑战。中国当代前卫艺术的现实就像伦勃朗油画《杜普教授的解剖课》所显示的那样,一群医生围着尸体、半死不活的人和仍能挣扎的病人在一通瞎忙。在当代艺术现实的喧闹中,一批前卫艺术家乐此不疲地做着各种试验,这些试验代表了20世纪艺术的最主要特征,即通过各种尝试而使艺术不断地被重新定义。然而,在经过一番折腾后,艺术的定义越弄越不清楚,只留下人们对各种大胆的试验行为的茫然。但公允地说，公众还是有收获的，那就是再也不存在一个来自上级领导的适用于各类艺术的普遍标准，而只存在艺术的现实。

我在此要指出的却是，上述现象只是事情的表象，在它之后人们将面对这样一个问题：当代艺术的最新发展是否会遭遇丧失艺术几千年来曾经具有的伟大意义潜能的危险？甚至是这样一个更为尖锐的问题：真正的艺术在当代生活中是否已不太重要，以至于艺术家可以任凭自己兴致所在而随心所欲地处置它？

不可否认，当下艺术已逐步沦为"炼金术"般无能的东西——不管是以流行艺术的样式还是以"前卫"艺术的面孔出现，它只是在公众的下意识本能中具有某种传染性。艺术的危机实质上是文化的危机，而文化危机的核心体现为意义的丧失。这里的文化特指人文主义的文化，支撑这一文化的要素是历史，而艺术则是这一文化最本质的组成部分。人文主义文化如果缺少艺术是难以想象的，同样，也不可能设想艺术会活在一个非人文主义的文化之中。

自改革开放以来，有关艺术的社会政治之维，艺术的启蒙性和解放心灵的作用，艺术在民主化、打破界限、开放，以及"审美"与"政治"的一般关系等都被讨论过了，但这并不能构成如今对有关"艺术与生命的意义"问题的探索日益朝着异化的表达方式迈进的理由。中国油画界在面对"意义"这类问题时，不应以美学、技术、绘画本体等托词去逃避，更何况也是逃避不掉的。近百年来，中国油画作为一种与国际人文价值体系接轨的艺术形态的价值，远远大于它作为一个绘画门类自为存在的价值。中国油画在当前文化境况下如何发展，首先要解决一个基本的信心问题，这种信心可解释为对某种特定意义/价值的肯定，这一肯定可以以乐观的或悲观的肯定的或否定的姿态出现。

任何一位画家在现实的挤压下进行创作时，都会反复问自己：这种批判的肯定真的有根据吗？我为何劳作？为何忍受？我对生活的价值、艺术的价值以至世界的价值和意义的感受肯定持久吗？如若我的境遇在某一天突然发生了变化，这种心态还将延续下去吗？我的艺术乃至所有艺术难道不会最终只是一场空？我们的生活由何而来，又去往何处？谁想对这些终极的原初性问题提供答案，谁就一定会不得不说出这样一个理由：对实在的一般性肯定。对一个具有强烈人文精神情怀的画家来说，由于他的感受和他所处的社会之间经常发生着的断裂，他往往会面临着对生活意义之肯定的极端反题。他可以将这种对现实存在的怀疑用绘画表达出来，但即使这样，他也仍然是以一种基本肯定与信赖的态度去创作的。

一幅艺术作品正因为以对实在的基本肯定为出发点，才有可能从更高的艺术高度去进行富于穿透力的描绘，哪怕是展现出卑鄙的、丑陋的、破碎的、废墟般的现实。对实在的意义根基的肯定是无法证明，也是无法反驳的，但它可以在理性上负责——只要看看几千年来成千上万的艺术家通过无数绘画作品对基本意义的肯定，人们就有充分理由提出这样的命题："如果没有对实在的肯定与信赖，艺术会成什么样呢？"

我认为，真正的艺术应与下述三种倾向划清界限：

第一，真正的艺术拒绝成为"传统""历史"的奴隶。历史对艺术固然重要，但不会成为艺术家的世界观。不可否认，任何艺术都处于一种历史关系的复杂交织中，同时也不可否认那种从历史中汲取营养的意愿，这种意愿将历史某个时期的特定要素或某种伟大的自由文化纳入自己的创作之中。但是，要拒绝那种对过去的迷恋与崇拜，即认为古老的经验可代替当下的创造并成为一种典范，无须任何重审而只求模仿。在那些只重形式的复古主义倾向中，我们只能看到创造力的贫乏和精神的无能。

第二，真正的艺术拒绝成为"进步""未来"的附庸。未来对艺术家尽管重要，但却不会成为他的价值观之所在，应警惕对未来的迷恋与崇拜。这种对未来的迷拜将赌注都押在技术进步、科技革新上，仿佛最新的艺术才是有价值的和最好的。实际上，"新颖""新事物""新人类"在艺术中绝非最高法则，与传统的彻底决裂并不能确保更好的东西出现。一味满足社会对新奇事物的嗜好，有时虽能刺激艺术品的销路，但却是对真正艺术品的扼杀。

第三，真正的艺术拒绝成为"瞬间""当下"的仆从。现实的瞬间印象对艺术创作而言固然重要，但却不应成为艺术家的世界观。我们要避免那类美国波普艺术中所常常表现出来的对现在的迷恋与崇拜，即似乎只有非历史的"永恒现在"才值得称道，从而否定历史、忽视过去和未来之间的连续性关系。这类艺术很大程度上是直接从娱乐用品商店或广告中信手拈来的绘画主题，或照搬消费社会所提供的复制品和玩偶，创作者沾沾自喜于某种诗意化的物品世界，进行一些简单的技术处理，以迎合市场的需求。这种倾向很容易把艺术牺牲给表面"现代美"的外观，从而导致艺术缺乏深度内涵的表达，丧失富有穿透性的塑造，并最终滑向幼稚的文化乐观主义的赶时髦心态。

真正的绘画艺术应走在学院派的固守风格与反学院的无风格之间的那条中间道路上，它应具有"伟大的抽象"和"伟大的现实性"——这是早在21世纪初就已被一批美学思想家和艺术理论家定义的20世纪艺术的两大极点，同时也是两条道路。需指出的是，它们绝不是非此即彼的，并非19世纪是具象的、20世纪是非具象的。21世纪的艺术实际发展进程早已证明，这种过于简单化的区分是错误的。

随着时代的变更，人的形象日益走样和陌生。身份不明的人化为消费时代的不详符号，被那些感觉敏锐的艺术家强烈而痛苦地咀嚼着，而一般人那肤浅而迟钝的感觉对此则无动于衷。

为人服务的艺术，愿意反抗当今所有丧失人性的东西，愿意使人至今尚未获得的更人性的事物发光。在人类的共同体中，人性在人的交往和人与自然的关系中发挥着神性的作用。就现实而言，无论是具象的还是非具象的、构成主义—理性式的还是个人主义—非理性式的、现实性还是非现实性的、肤浅的外观还是深刻的象征，当代的绘画作品彼此之间始终恒久地存在着宽阔的张力地带。所以，艺术永远应该是人性的、属人的艺术！

如今，绘画艺术已不再具有信息价值（那种在大众只能读书和观画的时代所需要的那种信息价值），而逐步体现为一种方向性价值和生活价值。当今的人们更需要这种价值，因为这一功能是任何政治或体制所不能取代的。

# 当下文化精神与创作心态

## 一、当代文化精神的困境

我们目前所处的时代，是一个当代文化精神面临困境的时代，这一困境体现在两个方面。

从现实的、社会学意义的文化角度来看，西方当代文化及各种文艺思潮借助着西方政治经济上的优势，强烈冲击着非西方国家，使得许多非西方国家的本土文化在得到充分发展之前就被淹没了。这里所说的淹没，是指一概按西方的评价标准和欣赏趣味来判断非西方的艺术现象，或接纳以"进化论"的观点来评判各类艺术样式的权力话语。

从历史的、生存论意义的文化角度来看，多元文化格局时代的到来，在极大丰富艺术生态的同时，使人类的公共生活与艺术审美拉近了距离，并逐步催生出一种新的伦理观，以及随之出现了一系列的问题。尤其是新世纪最初几年席卷东西方的经济全球化浪潮，使得我们的文化艺术处于一个快速分化与裂变的局面。此时最为明显的表征就是当代艺术在形式不断花样翻新的同时，却愈来愈轻浮和缺乏精神内涵。这是因为我们所处的时代——包括西方在内，是一个人们普遍患上历史遗忘病和生存短视症的时代。在这个时代里，人类垂直向度的经验被贬低，而平面向度的经验则被夸大。"文化精神"已成了一个可疑的词语，它的基础发生了动摇；价值的颠倒，构成了当下的时代特征。

对于第一个层面的问题，得出的结论较为简明：艺术不是科学生产力，进化论在此不能说明任何问题。艺术从来就没有什么进步与落后之分，有的只是"好"或"不好"，就像我们在任何时候，也不能说公元前500年至公元2世纪时期的希腊艺术，或公元前2500年至公元前1500年时期的埃及艺术是"落后"的一样。正是在这种持续不断的变化过程中，各个文化领域的艺术和不同的流派观念，在传统与现代、形式与内容、题材与技巧、思想与感觉等诸种范畴内渗透交织、相互融汇。因此，往往可以看到这样的现象：现实主义绘画中包含着很抽象的现代内涵，而抽象表现性的作品同时具有传统的人文关怀因素。

对于第二个层面的问题，评判则要复杂得多。这不仅因为从不同类型的历史、文化、民族、土地衍生出来的价值判断体系是多种多样和难以统一的，而且即使是在同一个价值判断体系内，对何谓"价值""理想""道德"、何谓"真""善""美"也存在不同的学说与流派。但这并不妨碍我们从普遍人性的视角对人类的总体精神动势做出基本判断。这个基本判断其实是一个疑问，当人类社会发展到如此高度商业化和数字化的时代，艺术的意义与价值究竟何在？在当今这一大众传媒时代，造型艺术肯定不再具有信息价值，而逐渐转换和体现为一种生命的方向性价值与生活价值。现时代的人更需要这种价值，因为它的功能是政治与经济所无法取代的，同时，对这种价值的追求过程也是使当代文化精神走出困境的可能之所在。文化精神的问题是与艺术的意义问题密切相关的。

## 二、艺术的意义问题

曾有一位外国朋友这样问我："你们中国的艺术家什么都不信，那你们创作是为了什么呢？"我一时语塞。后来在回味这个问题时逐渐明白了：我们的文化精神是有问题的。或者说，我们目前的文化精神是面目可疑的、暧昧不清的，与我们高速的经济发展相比是一个矮子、侏儒。目前，人们大多在关注全球化与本土化的问题，甚至把它看作中国当代文化中最为重要的问题，但我并不这么认为。全球化主要是指经济全球化（在文化范畴根本不存在全球化这一说），它深刻地影响着文化艺术领域并呈现出这样一种值得注意的现象：全球化与本土化这两个好像是矛盾的东西，却在实际发展进程中互为消费对象。全球化的经济强势是以它的眼光来消费本土化的产品（如从中国特色的工艺、绝技到艺术方面具有政治意识形态或土特产因素的作品）的，而本土的文化艺术又将现代性和国际潮流作为它追求的目标（如传统京剧的现代化、在美术方面对西方当代艺术的流行样式的模仿和跟进）。准确地说，美术界纷繁庞杂而精神涣散的局面，恰恰折射出艺术的本质问题并不在于所谓的"全球化"与"本土化"的争论，而是在于"我们从事艺术创作的内在驱动力究竟是什么"。如果支撑我们创作艺术品的动机只是外在的因素或个人的因素，那就没有必要谈论"文化精神"之类的话题。在此，我们必须追问"文化精神"与"艺术创作"是何关系，或者说艺术品中文化精神的具体显现问题。这必然牵涉艺术的意义问题。

　　一件艺术品的意义和目的不是一回事。真正的艺术所具有的意义是它在自身就得以表明的东西，而它本身并不具有目的或用处。与此同时，艺术虽然是自律的，但它又不是绝对自足的。艺术与社会、与现实有切不断的关联，每一件艺术品实际上都是对社会与公共关系的作为与回应。正是在这种关联中，艺术发出了对人的生命意义的提问、对人的历史意义的提问。它们构成了当代人文主义文化的核心要素，同时也是我们讨论"当代文化精神"这一命题的主要内容。

## 三、西方的反思与回应

"什么是艺术的意义"这一问题在西方的现代化过程中也曾经历了一个痛苦的转变过程。欧洲自文艺复兴到古典派和浪漫派时期,艺术具有一种向上超升的拯救功能。它救护生命,与生活和解并重新联结。进入20世纪即进入工业化革命形成的现代社会之后,艺术的基本情调在朝着相反的方面转变,艺术不再是人的最高目的,而成了人在世界中遭遗弃的异化的表达,成了人的历史意义最终丧失的表达。

作为诗人的尼采曾描绘过这样三幅画面:枯竭的大海——没有慰藉的空旷,消逝的地平线——一个无所指望的生活空间,不再被阳光照耀的大地——失去大地根基的虚无。这三幅强有力的画面宣告了虚无主义的到来。尼采描绘的画面是为了做出这样的发问:"对人类精神来讲,是否还有一个高处和低处?这虚无空间难道还不够窒息和寒冷?"[①] 如果说尼采时代的虚无主义,我们尚能从中读出一种藏匿于虚无背后的关切情怀的话,那么随着它的发展和演化,已日益变得庸俗、肤浅和日常化,甚至失去了作为一个坚强的反题的价值。这是因为现代人已堕落得宁愿在梦魇般的幻觉中寻觅家园。

艺术在一个丧失了意义的时代还可能具有意义吗?西方美学和艺术的伟大传统一直十分肯定地将艺术视为是与意义相关的,我们在欧洲宏伟的博物馆、美术馆、教堂、修道院中看到的那些杰作,都证明了这一点。近现代艺术的发展过程是一个以往的神性意义秩序不断被颠覆的过程,这一持续的颠覆使得艺术品与"伟大的意义"之间的关联不复存在。在这种困境之中,西方文化再次显出它的自我治愈和修复的功能。阿多诺为我们重新确定了艺术品与意义、价值之间的关系。他曾做出了这样的回答:单一的艺术品在意义丧失、

---

① 张祖英主编:《新时期中国油画论文集 1976—2005》,岭南美术出版社 2005 年版,第 40 页。

价值颠覆的时代，仍然可以审美地具有意义，即"艺术作品可以成为一种对现实存在无意义的自身具有意义的表达"①。也就是说，无论艺术家对现实做出怎样的反应，他应该是有灵魂的，这种灵魂是活在一种基本信赖——而不是基本不信赖的生命之泉中的。艺术是纯粹个人的事情或者干脆是游戏，但不只是如此。将基本信赖视为对人性的基点，并不意味着逃遁到一个田园牧歌的情调中去，仿佛对人的关注就应该是虚构出一个柏拉图式的理想国。此处的基本信赖，肯定不是经由非理性得到证实，而是理性的承担与责任。出于对人和人所栖身的世界的实在性之基本信赖，既要求对现实中的黑暗面进行批判，也要求改变不公正的社会关系，更要求艺术表达出对人类精神家园的寻觅、对高尚价值的追求。一种艺术正因为它是从对实在的基本肯定出发，才能从更高的艺术高度对现实进行富有穿透力的描绘，展现出破碎的、卑鄙的、丑陋的实在。我们通常有这样的经验：高级的艺术作品在对现实进行批判时总保持一定的距离，而且往往将一些其他的感觉因素和深层的文化思考因素糅合其中，这就是真正的艺术与那些非理性的、强调"零距离写作和创作"的流行艺术的区别之所在。

## 四、中国当代艺术的状况

自20世纪七十年代的改革开放以来，中国当代艺术是怎样的一种状况呢？这里所说的中国当代艺术，主要是指那些致力于紧跟西方当代流行艺术样式，积极地介入当下生活，同时对历史、文化与人文价值采取漠然态度的一类艺术。它虽不能囊括中国当代所有的艺术现象，但却是目前的艺术圈内媒体和评论关注的热点。自九十

---

① ［德］汉斯·昆、伯尔等著：《神学与当代文艺思想》，徐菲、刁承俊译，上海三联书店1995年版，第20页。

年代以来，这类艺术的确显示出某种前所未有的活力，成了我们这个"力比多——欲望"久被压抑的社会迎来喷发的一个缩影。在一些批评家的眼中，它们甚至代表了中国当代艺术的未来方向。在这类艺术创作中，艺术家日益倾向于将日常生活等同于艺术，将艺术与历史文化、人文价值的联系割断。例如，文学界九十年代兴起的日常的生活化写作取代了以往的严肃写作，而近两年来的下半身"肉体化写作"又取代了生活化写作；美术界虽因行业的特点而不像文学界那样典型，但也大致是在向这个方向发展，表现个人、咀嚼无聊、嘲笑严肃、调侃一切成了画家和艺术家是否"时髦"、是否"当代"的标志。总体来看，因受其基本创作心态的制约，这类艺术体现出这样的特点：作品的分量越来越轻飘，其中展现的个人生命经验日益狭窄，许多人的创作目的直接指向"市场"与"明星"效应，它的价值核心是"什么都不信"。这种东方式的虚无主义已构成了消解"重建中国当代文化精神"努力的力量。

在艺术创作相对自由、社会环境相对宽松的今天，中国当代艺术之所以呈现出这样一种精神涣散的状况，并不是艺术家自为的选择，而是有其深刻的历史必然性。

首先，中国当代艺术是在一种先天不足的背景下展开的。这种先天不足主要体现为近代史的断裂。最近的一百年，中国经历了从封建王朝、推翻帝制、建立共和制、五四运动、军阀割据、抗击外族侵略、世界大战、国共内战、中华人民共和国成立、"文化大革命"、改革开放等一系列重大事变。对一个国家而言需要好几百年才能完成的转变，中国却在不到一百年的时间内全都上演了，而往前的两千多年则几乎是静态的——从秦始皇的帝王专制到清朝的帝制，竟延滞了整整两千二百多年。这种历史的断裂使中国的当代文化艺术难以获得一个连续发展的环境，因而总显得急功近利。

其次，中国当代艺术的先天不足，在于中国当代社会既没有接受西方文明的价值观念，也没有完整地保留或延续古代中国的儒、道传统。恰恰是在第二个方面，因中国传统价值观念在完成现代化转型过程中的孱弱与停滞，使得历史文化传统的近代断裂现象、道德与价值的空洞化现象十分严重，根本无法在经济迅速发展的当下形成对市场经济规律的制约力量。物质与精神失去了均衡的结果，就是功利主义成了内心世界的寄托，金钱利益成了人际交往的动力，感官文化成了精神生活的主角。信息时代的图像语言愈来愈成为社会公众接触的主流视觉形式。这种情形使我们面临着这样的危险：从社会学意义上有着正当合理性的经济生产力的发展，在大大改善十多亿人物质生活水平的同时，正在偿付着精神文明水平迅速下滑的沉重代价。

再次，中国当代艺术的先天不足，还在于中国未曾经历类似西方文艺复兴那样的全面的人文主义洗礼，未曾对人类文化高峰之一的西方精神文化的主流性根源进行深入的研究。由于没有精神底气和价值根基，艺术中人文关怀和人性表现的缺席就成了一种常态。此外，当代艺术在创作资源方面也呈现出极大的贫乏，仿佛艺术家的创作灵感只能来自喧嚣的都市场景，以及扁平的当下生活经验。我们不否认这类艺术可能具有社会批判意义，问题在于这种毫无真诚的做戏态度已使艺术成为手段而不是目的，它使艺术面临着背叛艺术的本质的危险。

## 五、人文艺术的价值

面对上述局面，作为中国当代文化社群中的知识分子、学者和艺术家，应该何为呢？我认为，他们的首要责任是守护。这种守护是指在任何境况下，都要持守一种对人文理想的坚持、对价值向度的关注、对"真善美"的希冀，并对任何试图削弱或损害上述持守的权力话语进行抗争。这种守护式的追求直接与如下的坚定承诺相联结，即索尔仁尼琴所说的，"既要使我们的肉体避免遭受像中世纪那样的痛苦，同时也要使我们的灵魂不再遭受如现代社会这样的蹂躏"①。

当代艺术应重新补上"当代人文主义文化"这一课。在中国，艺术应该是也愿意是真正人性的艺术、属于人的艺术！艺术为人服务，就应该有幻想（创造力）、有勇气，以及正直。它应该反抗当下所有丧失人性的东西，使我们今天尚未获得的更加人性的因素发光。我们当下的社会是一个充斥目的和重负的世界，应有一个敞开一切可能性的自由空间，而这一自由性甚至可以体现为某种游戏性。一件伟大的艺术品只要是内在完美的，游戏便是对一个自有其完美性的世界的预见。我们应该信赖为一个新艺术生命而效力的艺术，信赖为一个新的更人性的艺术而效力的富有活力的艺术。它作为完美的序幕，死去的艺术也属于它。即使在今天，在艺术受到病态和死亡威胁、不再富有人文性质的当下，艺术能够也只能够成为一个伟大的意义的图像。只有在人文艺术的愿景之上，才可以谈论我们的当代文化精神的基础、发展与未来。

---

① 转引自龚云表：《艺术面对面——我的画家朋友漫评》，上海书店出版社2008年版，第82页。

# 艺术与精神

冷战结束以来，随着世界经济一体化进程的加快和东西方国家之间交往的日益频繁，人们发现许多原本差异很大的事物竟十分接近，而许多看来类似的东西又相距甚远。但这似乎并不影响因世界性战争危险的消除而产生的总体乐观情绪。正是在此时，文化艺术界知识分子的痛苦却开始加剧了。他们一点也快乐不起来，这似乎与他们现实生活状况的变化（通常是改善）恰好相反。

知识分子的苦恼在于他们既生活在日常的现实生活中，又生活在历史文脉的传统之中。世界的一体化使他们越来越看清某种体现在历史和现实两个方面的巨大差距：历史上曾有过的辉煌，随后的长期停滞与衰败，近代的耻辱与创伤，现代的积重与难返，当代的断裂与失望，以及现实对文化的诸多不利等。这些综合起来的重负，是东方世界——包括黄皮肤、黑头发的中国人在内的知识分子不得不面对的事实。因此，他们不会将日常现实生活表象——不管是积极地或是消极地看成是真正的现实，他们的记忆与良知总是驱使其去探求和追问那深层的真实，这也是表现主义产生的根源。

对于世界的看法，有乐观者，有悲观者；但凡持真诚态度者，则必有价值。真诚的持守，表现为深度的沉潜。站在历史深层的原点去看，中国有世界上伟大的山脉、高原、河流，有深厚的传统历史文脉。这种历史的真实，作为个体的人可以忽略，但作为融入历史意义中的人则无法回避。可以说，所有终极超验价值思想体系都是从东方世界诞生的，而所有主义与意识形态则无一例外都是西方世界的产物。在历史上，曾对人类精神文化历史做出过决定性贡献的东方世界（主要是亚洲），自16世纪以后便变得麻木并衰落下来，但这并不意味着它的复兴将遥遥无期。种种迹象显示，亚洲的文化潜力正在摆脱欧美现代主流文化的笼罩而逐渐崛起。这一崛起潜力之不可预估还基于这样的判断：精神与文化——而不是意识形态和主义，方才是人类价值体现与追求的归宿。

  在我看来，绘画是人们观察和表现世界的一个必不可少的角度。绘画的手工制作性质、与人的本能贴近的性质，以及它在历史文脉的有机延续中的特殊地位，构成了它在现代世界中存在的理由。自20世纪80年代初我踏上黄土高原之时起，我就一直在试图寻找这样一种绘画语言：它能充分地表现华夏大地的博大精神，以及中国历史文化传统的丰厚底蕴。它在学术分类上可称之为"深度绘画"，在画风上则可称之为表现主义。之所以要强调它的中国气质，并非只是为了突出民族地域性，而是要强调在人类普遍性基础上的生存经验的独一无二性，并以其深厚、含蓄的特点区别于欧美表现主义的激烈与狂放。

  表现主义作为人类表达心灵感受与内在经验的一种艺术手段，有着悠久的历史。就中华民族而言，数千年以来充分发展、瓜熟蒂落的书法艺术将古典的东方表现主义发挥到一种几乎完美的、后人无法再超越的形态。作为那些愿意承载以往历史重负的当代中国画家，不可能抛却传统去彻底创新——而且也无此必要。传统是负担，也是资源。有负担的行路者脚步虽慢，但会更踏实。

  如何将古典的技法与现代的观念、西方的光影与东方的书写、厚涂的肌理与薄色的罩染等矛盾因素有机地融汇整合到一幅作品中，始终是我在创作过程中试图解决而一直未能完全如愿的命题。表现主义在通常意义上是一种激情与张力的游戏，若能把各种相互对立冲突的因素良好地控制在一个临界点上并达到"引而不发"的状态，我以为这便是东方当代表现主义个性化的美学特征。一种风格的确立无法依仗灵光一闪，而是有赖于辛勤的劳作与耕耘，所谓"十年磨一剑"。如果能数十年如一日地始终坚持某种信念不懈的追求，哪怕长久的努力只换来一小步实质性进展，也是应该值得庆幸的。在此方面不可急于求成。艺术不是科技，速度在此是魔鬼而非天使。因此，我的最终画面往往是反复涂抹与描画的结果，一张数年前的画很可能今年又重新来过一遍。那些画面上层层覆盖、斑驳的肌理，对我与其说是一种追求难达的茫然，倒不如说是某种心灵思考的记录。目睹这些记录，我得到某种宽慰，完全不在意作品数量的增加或减少。

# 现时代艺术的境况与希望

## 一、现时代文艺的基本境况

无论如何,艺术在 20 世纪的退化与庸俗化是一个不可否认的事实。从一个艺术创作者——或者还原到一个人的直觉体验来讲,流行艺术通常所具有的性质即"震惊效果"的过度使用,已达至对"身体施暴"的程度。那些超过 100 分贝的重金属音响、那些将隐私物甚至排泄物置入视觉领域的做法,只能证明艺术灵魂的全面贫弱与蜕化。在过去的时代,它还能作用于较长久的高级感觉系统,而今却只能作用于低级感官。由此带来的审美属性是短暂的、流逝的,具有革命造反品质以及一味追求"创新"的骚动心态。

产生这一切变乱的根源是人自身出了问题,信仰已不再是人的生存之根。从表面上看,是上帝的隐匿,实则是人主动背弃了神明。这一背弃似乎使人获得了自由解放并极大地抬举了人自己,可实质上却是人的灵魂被形而下的物质异化和禁锢——结果是极大地贬低了自身。作为一个从土地中生长起来的、七情六欲俱全的人,还有什么比向神看齐更能使人趋向高贵呢?至少在视觉艺术领域,那些怪诞且残缺不全的雕塑、破碎而令人咋舌的绘画,难道能比古希腊的《眺望楼的阿波罗》、米开朗琪罗的《创世纪》《最后的审判》更使人感到尊荣与高尚、快慰与喜乐吗?固然,作为对我们所处实际生存境况的真实揭露,现时代扭曲变形的视觉艺术品多少具有对神性隐匿、人性异化的反证意味,或者至少是对粉饰性、意识形态化的伪艺术的无情穿透（由此而转变为对神性缺席所造成的心灵困厄的感叹），因而具有不可替代的"当代性"。但同时我们切莫忘记了，艺术的终极使命并非只是敞开地狱之门。现世的迷乱和黑暗仅是我们生命旅程出发的当下性起点，而绝非可供灵魂安居的栖身之地。

为何会出现精神荒漠现象？首先要阐明的是，所谓精神荒漠是指人内心的荒芜，换句话说，也就是人自身离弃了信仰而不由自主地造成了价值的颠倒与人性定位的偏差。不言而喻，人性定位的偏差是相对于人性的正确定位而言的，这是一种生存论意义上的严肃的学术论断。考虑到生物与生理构造的基本性质，人只能是一个未定其价值身位的 X，它的存在的全部意义在于趋向更高级存在形态的不断跃动的过程。这是人的生命应永远处于一个二元对立的精神张力景观下方才具有意义的关键。如若取消人必得趋向的理想世界和彼岸世界，人的生存便无方向可言，人因向神看齐而获得尊荣的可能性也将随之消逝。现时代文艺基本素质的总体不足、伟大艺术形态的不复呈现、高贵精神向低卑流俗的屈服、"物质人""机器人"的大量出现，已然以确凿的事实向我们展示了这种可悲的境况。

## 二、艺术在现时代中的地位

真正伟大的艺术——精神性艺术，在现时代的地位是非常软弱的。绝对的善、纯粹的精神性，天生就不具有生命强力。所以，耶稣基督的眼泪被称为"羔羊的眼泪"。但上帝的羔羊在另一个国度里却是注定充满荣耀的，而生命的强力亦总有衰颓、毁灭乃至消逝的一天。但丁曾借助贝德丽采的神圣引导而在净界顶端同时看到了这两个从终极意义上永不能沟通的国度。光，则是穿透这两个国度的唯一物质。用光来象征精神性的基质，该是多么奇妙！它是无法捕捉的，又是无所不在的、渗漫周遭一切的一切的。玫瑰花窗的绚丽色彩，宏伟建筑的尖顶在夕辉照耀下的色彩变幻，圣咏、弥撒中那云彩般升腾而上的乐音，唱诗班与圣歌合唱队发出的灿烂和声——这些都是光的启示的产物，或者说是精神的启示之物。而精神所启示出来的，正是心甘情愿皈依信仰的生命强力。生命强力与神圣精神的结合使得奇迹发生：冷漠无情的变成了令人感动的，无意义的变成了有意义的，鲁莽的变成了温顺的，冰凉无光的变成了光彩夺目的——这神圣的馈赠，不正是中世纪北欧蛮族的文化艺术转型时所生发的景象吗？不正是斯拉夫人、俄罗斯人于14、15世纪突然创作出来的圣像画中那神奇美妙的圣光神秘体验吗？这赋予昔日野蛮、血腥、惨淡、粗砺的北方大地以温柔悯爱之光的奥秘，是来自蓦然被信仰的灵虚之气贯透的灵魂，来自被柔弱之爱击穿的灵魂，来自屈膝向神圣下跪的灵魂！来自信仰情怀之创生的艺术，因光的弥漫与朗照而显无比动人。战死的鲜血，从圣杯传说到基督受难的十字架，从英雄史诗到四福音书，几乎是在一瞬间完成了某种不可思议的转换。这一神奇转换的见证，见之于14、15世纪尼德兰音乐的勃兴，见之于16、17世纪德意志音乐的崛起，见诸于13世纪法兰西哥特式教堂建筑的繁荣，见之于14、15世纪俄罗斯圣像画的辉煌。

  然而，人终究是人而非神，当人自以为能像神那样把握外部世界与自身命运时，油然萌生的自信乃至狂妄便驱使人逐步背离了神圣、抛弃了信仰。由此，艺术的荣耀之冕便逐渐黯淡无光了。音乐艺术的急剧衰落首先证明了这一点，视觉艺术也不例外。这便是精神性的严肃艺术在现时代处于边缘，显得"无用""软弱"的外部原因。如今的人们之所以还需要艺术，至多是把它当作一种从平庸的单维日常生活中获得暂时解脱的工具。这实际是在以肉身幸福的名义扼杀艺术潜在的深层价值。那么，何谓艺术潜在的深层意义与价值呢？对有着精神之眼的人来说，艺术中的声音、图像、形体所构成的魂语与灵语的织体，是沟通人的生命既定困境与超验未然之境的联系纽带。R·瓜尔蒂尼所说的"艺术开启精神的未然之境"，便是站在希望神学的立场上向我们示明：即使我们置身生存困境之中，仍须持守对神圣降恩的盼望，这个盼望是以坚信某种"生存的新天新地必将到来"为标志的。然而，在此需要提防的是：不能将这种盼望误读成"乌托邦式的社会理想"。乌托邦社会理想的本质在于过分乐观地相信人能解决人的问题，可是，人类到目前为止的所有社会形态——以任何正义、幸福、自由、平等的名义去创立的，都已证明所谓乌托邦理想在终极意义上的不可能性和欺骗性，以及这种欺骗性所带来的灾难性。

艺术在现时代——一个信仰沦丧、神圣隐匿的时代中的使命，绝不是为科学进步论、人本主义社会论、人性至上论或现世乌托邦理想做注脚，而是要作为对人类生存永恒悲剧境况的发言者与见证者在场。"艺术的警醒作用"，是艺术在这心灵普遍蒙难的物质化时代中的首要使命。基弗尔所描绘的荒原大地图像、哈休尔所创作的纵深废墟景观，均是体现这一批判使命的力作。强有力的艺术品——宏伟的音流、激荡的色彩、博大的画面，并不必然会使人由此而孤傲狂妄起来，因为艺术的强力也具有这样的功能：使艺术家的灵魂彻底敞开，经历上至天宇下至深渊的大苦大难，从而最终导致神圣的出场。保罗、奥古斯丁、米开朗琪罗、多纳泰罗、贝多芬、马勒、卢奥、柯科希卡、西盖罗斯、奥罗斯科、基弗尔等，都是这方面的典范人物。实质上，强大有力并指向神性的艺术品，不仅以精神见证的形式传达出神圣的启示，而且也有效反抗了现世的权力话语，以及由这一话语产生出的一系列大众文化工业产品的侵蚀。可以这么说，强有力的精神性艺术是与权力话语对抗的有效形态。

## 三、权力与"有效"

权力是对在现实中生存着的人的一种强制性管理。它是一种意志的强行贯彻、一种概念的具体实施，其作用与功能是使人们在某种法定秩序下生活。权力的本质与人的生物本性——弱肉强食、生存竞争相联系，所以强权——权力的极端形式是人类痛苦的根源之一。就终极意义来讲，权力无法最终合理，它是对每个天生禀赋神圣生存权利（蒙神圣之召而来）的个体人的潜在威胁。所以权力需要监督。那么，监督权力所持的伦理道德依据在哪里？只能在神圣存在——上帝那里。也就是说，唯有上帝赋予每个人的神圣生存权利，方才为我们监督世间的一切权力形态给出了最终的伦理基础。同时，它也是奠定现代民主社会三权分立、代议制的深层基础。马克斯·韦伯所描述的新教伦理产生过程已为我们理解上述观点提供了翔实的论据。

如若取消了神性这一维，便失去对世俗权力施行制约的终极性基础。艺术对现世的监督与批判，只有立足于神性维度上才有深刻的可能，才有与平庸、媚俗、粉饰、追潮、逐新、玩噱头等一系列浮光掠影的"花招"划清界限的可能。艺术的精神指向应是"神圣权力"的传达者。当然，持此种精神指向的艺术家自己应首先是信仰者，是对神圣的下跪者，是对人类苦难和不幸的关怀者与同情者，如此，他才有资格担负起传达者的使命。托尔斯泰、陀思妥耶夫斯基、卢奥、卡夫卡、艾略特、凡·高、吉皮乌斯等人便是这种关怀与同情的体现者。

精神是软弱的，但它又是无所不在的；权力是强有力的，但它亦是狭隘有限的，如同人的生命一样。人们往往只看到世俗权力的"生效与有效"，却常常忽视了它的罪恶性以及终极的被审判性。这种人在年轻时常有的无知，往往是一个老人在垂暮时忏悔、痛思的根源。他到那时方才意识到：生命行将完结，那些靠生命的强力意志奋斗而获得的一切——从物质财富到名誉地位，都将与他无关。死神已在冥冥中向他召唤，他周身的血液最多只能支撑他换到灵魂的审判台前。如若他不能在这仅存的有限时间中企望到新生国度的形廓，如若他不能从终极实在那里获得灵魂的安宁与喜乐，那行将坠入空虚中的恐惧与拖带着罪恶泥污的自我谴责，那种因长期无意义的蛀空式生存而生发的"行尸走肉"感，就一定会在这生命的临界点上把他击溃。这时他也许会鼓起最后的力气思考：难道人生的价值就是那些在欲望、权力的相互交织和倾轧中日复一日所呈现的东西吗？难道人生将注定在"他人就是地狱"的永无沟通中挨到尽端吗？难道被生物性所紧紧箍套住的肉身就永远不能步入一个更高、更新的存在状态吗？难道人类在伟大时代曾持有过的艺术精神——无论是视觉的或是听觉的，都一定如明日黄花那般一去不复返吗？难道人能够在时代发展、科技进步的"乐观挺进"中彻底改变人与死亡的最终相遇吗？——倘若果真如此，我们尚且能在取消人的生存悲剧性景观的基础上另行谈论人的生命真义：一个永远不死、不老的人的另一种幸福或苦恼，一个取消了时间性而只有空间占有性的人的欢乐与悲哀。但至少在目前已知的人类历史中，任何人还无法想象出或描述出那会是个什么样的景象。

记得曾有一部电影讲述了这么一个故事：一个人从文艺复兴的16世纪一直活到现代工业文明的20世纪，他竟未先言说他的幸福，而是首先表述了他的厌倦，因为他永远只能品尝到一种爱情——一种少男少女之间幼稚的欢爱纯情，而无法渐进到人的中年、老年时对爱情成熟的体验。纯真的爱情虽十分可人，但因缺乏对比、失之变化而令人生厌。实际上，这个浪漫的电影构思可以追溯到人类神话的最古老隐喻之一——西比尔向神要求了不死而忘了要求不老，结果她老得想死也无法死去。这是以另一种表述方式来隐喻：若取消了时间的戏剧式结构，意义与价值便会退场。意义和价值之永恒性正是相对于生命的有限性而存在的。那种幻想人能够在科技力量中找到改变人生命的必然趋势——随着时间推移而不断衰老的秘方，并希图以此来一举取消人从神圣启示那里获得生命真理与价值真义的念头，实在是人所犯的最大过失。

诚然，我们并不想否认科技在改变人类的普遍生存状况方面、在促进社会趋向合理方面所起的作用，但同时我们也决不能忽视它反过来给人类带来的异化恶果：文化品质全面蜕化、精神生活极度匮乏、媚俗文艺铺天盖地、罪恶不义肆意横行。

科技、金钱、商业运作的有效性，对东方（中国）传统中那种以庄禅的虚无主义为根基的"无为而无不为""清净脱俗"的逃避心态无疑是一件有效武器，但后者毕竟只是一个阶段性的产物，一俟前者胜利，其负面作用便会迅速显露出来。因为无论前者或后者，它们与神圣的永恒实有之间都存在着一道无法逾越的价值鸿沟。为什么在这生命终有一死的世界里，我们要说有而不是无？为什么立足在这充溢着欲望和血泪的现世大地上，我们要坚持信仰、期盼而不是放纵、沦落？其终极原因皆在于我们是蒙神圣之召而来的，我们的精神是注定要趋向神圣之终极实在的（尽管其间充满了沦丧与堕落）。在此背景下，现世意义上的"生效"，其最高价值也只是为精神的到场和朗照提供一个物质基础。如果没有精神以及作为这种精神物质化的文化艺术，那么我们与物种生命几百万年来那无意义、无价值的存在又有何区别呢？因此，《圣经》的创世说是对人的精神生命史的一个创生学隐喻而非生物学意义上的假设。正由于有了神圣突入此世——耶稣基督的道化肉身及其以言语和行为所启示出的生命真义，人类方才获得有灵有魂的生存价值。那些雄伟的精神性建筑（大教堂）、绚烂的玻璃窗花与壁画、瑰丽的乐音旋律、提携人心的雕塑、圣洁庄严的诗剧等，不都是作为对人与神圣相遇的见证而存在的吗？相反，此前的原始艺术——虽不乏生动的线条、奇妙的形象、古怪的音响等，但从其形态的直观上来看，能与具有伟大的信仰的艺术形态相提并论吗？若没有天、地、人、神四根神柱的支撑，所有的文化艺术形态至多有其一般性的审美观念内涵，而断无终极的启示性意义。

## 四、"生效""功利"与"创造"

"生效"指某种观念、理念在现世存在世界的具体实施与体现，对它的适度强调可使我们"有效地"清除东方虚无主义那种清静无为的逃避心态之劣根性。但另一方面，"生效"毕竟是在"权力意志"的基础上派生出来的概念词语，在它之中所隐含的价值裂痕，唯有在神圣的光照下才能得到部分的弥合。否则，过分迷恋于"生效"反而具有更大的毁灭性。

在此我们要问的是，"在神圣光照下的弥合"究竟是何含义？可以说，"生效"只有具有置于神性背景下的创造性质，那道价值裂痕才有可能被弥合，深渊中的毒素才有可能被覆盖。舍此，"物质的生效"与"精神的生效"就会在一个相对主义的平面上被"功利主义"和成一团稀泥。

真正的"创造"是人被赋予的某种具有神圣品性的基质，它与人的生命力的结合方才是人获得幸福的来源。真正的创造体现了由人所具体执行的神的意志，因此它最终必然回归到神圣的怀抱之中，在这个意义上方才说得上体现了物质生产与精神创造的正确关系。这两者关系的一个重要中介是"功利"这一观念。功利本身并无所谓好坏善恶，但它必须在最终意义上指向精神。如果功利只限于感官享乐与肉身幸福，如若功利不趋向灵魂的绝对提升，那么功利的物质化成果就极可能反过来压迫人。现时代各种艺术垃圾充塞世间，便是"功利"在背离精神、舍弃神灵之后所处的漂泊境况的必然结果。

信仰统领功利或功利背离信仰这两种状态，我们均可在人类不同时期的艺术形态中得到印证。圣经艺术时期——不论是建筑、雕刻、绘画或音乐，均显出信仰对一切物质存在的高度凝聚力和统摄力。在此，"功利"只是一个虔敬的仆人，一切荣耀归于主耶稣。当然，这也许是以巨大的肉体痛苦来作为代价的。反观现代艺术——它涉及视觉与听觉的各个艺术门类，大都刻意表现出对原有精神传统的反叛与挑战，其结果是将肉体的解放与感性的高扬抬举到前所未有的高度。但悲哀的是，它很快就不可避免地全面失控，功利成了无形的上帝。它指挥着盲目的肉身肆行无羁，甚至甘冒纵身罪恶深渊的危险。然而，最为严重的后果是：这一切肉体的解放竟是以精神惨遭蹂躏作为代价的。难道在歌舞酒厅风靡全球的时刻，大众的普遍文化素质的下降和精神意志的沦落不是一个铁的既定事实吗？

## 五、人的狂妄

之所以人类对"权力""有效性""功利""创造"等一系列观念频生迷误，最基本的原因在于人的狂妄。人自以为借助科学理性、科技智能便可以解决世间一切问题，由此，人开始公然抹杀此岸与彼岸的距离，在"我"字被一再大写的迷狂之中任凭自我奔跑撒欢。在刚开始阶段，这种纯粹自我的创造尚且显出一定的活力与积极性，但不久便呈现出疲软之相，甚至显露出更为可怕的堕落趋势。因为这个被大写的人，实质上竟是一个不断自我贬低的人！正是人的狂妄使人丧失了终极的榜样，从而只能向人的生物性屈服。我们看到了这样一个令人震惊的事实：那些由人的主体创造意志所开发出来的新的审美领域，竟是以丧失一系列人之为人的精神品质作为代价的。宽恕、怜悯、同情、忏悔、自责、爱、感恩、呼告、倾诉、搀扶、赞美，这些使人高贵、尊荣的精神情怀，统统在对人的主体创造性的疯狂膜拜中沦丧了、消失了。

尽管人类社会形态比起以前来要丰富得多，尽管目前人类社会所制定的自我道德律令能够制约和规范人们的大部分社会行为，但危机不仅依然存在，甚至更为深刻、内在。悲哀的阴云从未从大地上空消散，各种价值观的混乱、社会危机的重叠、艺术垃圾的弥漫已将人类推向了一个面临生死抉择的临界点。我们难道还不应该从生命内在的苦难与死亡经验中感受到危机的震惊，并重新企盼启示的降临吗？

## 六、苦难、死亡

如前所述，科学理性、技术力量给人造成某种错觉，即人自以为一劳永逸地远离了苦难和死亡。殊不知，苦难、死亡是人类生存的某种基质。尤其是在今天，苦难的黑影被遮掩在经济繁荣的表象下，死亡的毒刺在灵魂深处悄然发芽。

然而，也正是这一苦难的阴影和死亡的毒刺，方才为人勾画出了一个可悲可叹的由苦难到拯救、由不幸到至福的四重结构世界。苦难永恒而普遍地存在，各民族之间的差异仅在于对苦难体验的深度以及表现它的力度。对一个精神力足够强的民族来说，苦难能使其沉潜到虚无的渊底（而不是飘浮在半空），并最终成为敞开某种生命真义启示的契机。在此，超验信仰与伟大文化的前景在向他们召唤。

拉丁民族在"罗马的高贵诗魂"——维吉尔的引导下，逐渐具备了超验信仰的情怀，而圣保罗的传教则进一步使他们行走在通往克吕尼修道院唱诗班的圣咏旋律中，直到终于看到了但丁所编织的玫瑰花环在乐音的深处辉耀。对一个新天新地的复活的冀望使人再次变得年轻，以至于最终战胜死亡。这种二重生命的再生超越景观，绝非那种"此生永世轮回"或"善恶因果报应"的生命阐释，而是立足于苦难大地悲剧景观中对生命进行沉思、对神圣发出祈盼、对苦难进行超越的结果。

　　苦难的最后解脱形式是死亡。如果没有神性之手的依托——它以允诺复活之希望的形式呈现，死亡便会成功地变为隐伏在我们心灵上无法拔除的毒刺。人生的一般经验可以这样来描述：人在年幼的时候盼望赶快长大，因为我们相信茁壮生长会将我们导入幸福——永远快乐、健康、无忧无虑的乐观向上；但当生物的规律迈过了它成熟的顶点，衰老——死亡的先遣者便开始固执地附着于生命体上；不久，死神便从生命的雾瘴后露出它的狰狞面目。这时，我们的另一双眼被迫打开了。虽然这一双眼本不只是为看清死神的面容而开启的——它有其更为高贵的使命，但死亡却是它欲秉承那高贵使命必须经过的炼狱。这桩生发在另一个存在世界里的事件，是我们那双看惯了现存世界诸事件的本然之眼所无法看到的，然而，艺术史实却是我们破解这一奥秘的最佳路径。只要稍稍注意一下许多大师晚年作品发生转变的事实，我们便可窥视到神性越过永恒向有限生命发出的召唤（或者说是人性克服死亡向永恒神圣的超升）。米开朗琪罗晚年在《最后的审判》《圣母抱基督遗体悲恸像》中所体现的那个由巨人变为信仰皈依者的历程，贝多芬在《欢乐颂》《D大调庄严弥撒曲》中所呈现的那个由英雄变为赞美吟咏者的历程，莫扎特在《安魂弥撒曲》中所展示的那个由宫廷乐师变为哀歌天使的历程，乔治·卢奥在《圣书风景》《受难》组画中所体现的那个由愤世嫉俗者变为流泪悲悯者的历程，T. S.艾略特在《大教堂的谋杀案》《四个四重奏》中所展示的那个由现世揭露者变为关怀祈祷者的历程，C.奥罗斯科在《瓜达拉哈拉救济院小礼拜堂全景壁画》中所展现的由荒野呼告者变为末世预言者的历程，无一不印证了这一点。

　　文学艺术史从形象的领域向我们显示：生命的意义只向站立在生存临界点上的灵魂敞开，唯有此时，他才能既俯身看到从深渊中迫近上来的死神步履，又仰首瞻瞩到从天空传来的神圣呼召。如若那些习惯于平地生活的人一旦像查拉图斯特拉那样伫立于高山绝顶的稀空中时，如若那些整日沉溺于日常生活中的人一旦像陀思妥耶夫斯基那样站在等待处死刑的绞架下时，他们定会痛感生命的价值真义，痛感尼采的诗歌和陀氏的小说中那些痛苦、祈盼的真实。

然而，问题恰恰在于，当今的社会总是迫使人们生活于存在的平面上，因此我们的心肺功能衰退、想象能力贫弱、日常肉身幸福成为人们公认的价值尺规。原因皆在于灵魂世界业已暗哑，神圣存在业已隐匿，精神领域中最基本的高处与低处之别已被抹杀！

## 七、高处与低处

苦难作为人类有限生存的基质，它永恒地提出了一个"获救"的命题。对这一命题的回答，必然引出灵魂域中高处与低处的二元对立，这也是人类富有意义的生活中必不可少的诸种二元对立景观中至关重要的一维。在艺术中，它往往表现为"至高的荣耀"与"深渊的体验"二者间的紧张对立关系。哥特式教堂建筑以陡直的上升造型，极富象征性地指明了低处的肉身与高处的精神之间的身位关系——提携、慰藉、超升、蒙恩、获救、喜乐。然而，许多"现代人"却把哥特式大教堂内壁柱上的直立雕像看作某种纯粹艺术风格样式的体现，甚至将其与其他建筑进行一系列形式主义的比较，这无疑是一个可笑的做法。如果这类论调得以确立的话，那么艺术也就没有什么高低之分了，人类艺术精神也就没有任何可趋向的高处了。这不等于是在美学领域制造关于艺术创造方面的谎言吗？

不仅建筑有高下之分，各民族文化域的艺术形态在终极价值判断方面也断然有别。从人类的视觉所感知的形的基本性质来看，形体是无所不在之灵的实有化（栖居之所），光则赋予了形体以真实的可视可触性。当直立向上的形置于天、地、人、神四重结构之中时，便蕴含了从低处到高处、从肉身到精神、从人性到神性的一切潜在意义。方尖碑一俟矗立于尼罗河畔，即标示着人类最伟大的文明之一——埃及文明之魂已开始真正地意识到"高处"与"低处"对确立生命意义的迫切性。基督教文明秉承了埃及文明的余晖，在帝国铁蹄的迫害下、在蛮族入侵的灾难中逐步构筑起精神的王座：从拉康塔堡到巴西利卡式教堂，从拜占庭的圣索菲亚大教堂到西部哥特式大教堂；从圣徒到殉道者，从先知到信仰者；那斑斑的血泪在圣光的抚揉中编成荣耀的花环，一如《神曲》第二十三歌所描述的灿烂景象。当环绕这灿烂景象的花瓣如天使般从高处缓缓飘降下来时，低处的众魂有福了。生存的无尽黑暗，由于有了玫瑰花瓣的降临而得以映亮；生灵对死亡深渊的恐惧，由于有了天使羽翼的护卫而得以消弭。当人们目睹那些体现了圣洁信仰的艺术时，其灵魂获得的难道不正是这些吗？

　　有限生存的悲苦本是无从慰藉的，即使是富贵荣华一生的帝王待垂老临终之时，也要心惊胆战地面对死亡的渊薮，也会哀叹："人终难免一死呵！"更何况那些善良懦弱的平民百姓！此时，只有高处伸过来的搀扶之手，方才给我们带来终极的慰藉：因为神圣已化身为人，来到我们中间，并为赎回我们犯下的罪而无辜受死！在受难的十字架上，不仅死亡被战胜了，而且我们还因此获得了永恒的高处——它永远矗立在我们心中，并感召世人在有限世间生活的扁平面上树立那精神的王座。若从这个意义上来理解方尖碑、哥特式教堂，方才能捕捉住它们的神学美学之深义。

## 八、自救与他救

　　在精神的高处与低处尽端，横亘着最后的困惑：自救与他救。这一命题之所以令人困惑，是因为近代以来的人本主义始终鼓励人们相信自救,并在无形中信奉一位理智的上帝。理智的上帝,其本质与十字架上受难的耶稣无关,而是人的骄傲。至少在艺术领域,我们已饱尝了这样的恶果:人的骄傲与撒旦达成盟约,合谋消灭歌声。难道在现当代艺术的万花筒和魔术阵中,灵魂歌声还存在吗?精神艺术还存在吗?

当然,在此并非是要否定自救,况且它也是否定不了的。只有那些进行过艰苦自救努力的灵魂,才能在最后的生死临界点上被他救之光启明。这是一个从神性背景上提出的人类学问题,换句话说,文化人类学只有经过价值现象学的剥离,方才显出价值论上的本真意义。这一意义是我们那活血活肉的灵体所乐意接受的,同时也是神圣的救主所乐意看到的。从某种意义上来说,生命意志如同一个沉睡的矿藏,其巨大的潜在能量非得经过开采和燃烧,其光亮才能映照出生命旅程的长度和深度。但更为关键的是,在燃烧中被启明的神圣召唤,从遥远的宝座深处向我们发出。虽然那直射而来的光使自然之眼无法正视,但柔和的投影却能标示出我们的灵魂身位。

这一譬喻便是伦勃朗的伟大肖像艺术的精髓所在。我们看到,当生命以虔敬恭顺的姿态迎接着从异域投射来的光亮时,自救之手在祈祷的自语中渐渐地、不知不觉地摸到了搀扶的他救之手。这两只无形之手的秘密相触,引导着伟大的艺术灵魂创作出令所有灵魂为之动容的画面。伦勃朗的肖像艺术——文艺复兴后期最具世间人情味的艺术样式,正是由于各种本质性元素(明暗、线条、形体、色彩等)共同集合在一个生存的临界点上,而涵盖了"自救的低处恳求"与"他救的高处搀扶"的全部意义。

## 九、新世纪的艺术

在新的世纪中,执着于精神性艺术者应一致努力去挣脱现代艺术、当代艺术所面临的普遍文化困境。而走出这一困境的道路，只有在对新的精神性艺术的构建中才能实现。所谓精神性艺术，要旨在于重新摆正艺术与天、地、人、神的关系。艺术不能被放大，更不能被抬到信仰的地位而成为宗教的替代物，因为艺术并不能给出生命的答案与归宿。当下艺术的心灵功能，只不过在于对人的物质异化过程提出一个监督与警醒。而新世纪的艺术，还要肩负起重新将艺术纳入深度性的精神、灵魂信仰这些超验维度的使命。目前，艺术的退居边缘是极为正常的，这是对于艺术在近代以来主动离弃神性的惩罚。现时代的艺术看似自由了，实则处于漂泊无依的状态。而对处于漂泊中的任何事物来讲，"回家"是最为重要的命题。

何为艺术之"家"？此乃精神性的灵魂家园，在这个家园中，神圣的光照将使属人的艺术蒙纳荣光，并逐步被提升到更高一级的艺术形态，直至有幸作为传道之言、作为神圣存在的视觉见证。这一见证分为两个方面：其反面是批判——立足精神、灵魂超越一维的毫不留情的批判，其正面是赞美——立足于神圣的荣耀恩泽一维的真心诚意的赞美。这一赞美与现世的歌颂、粉饰无关，它是对生命的存在、创造力的奇迹、美的奥秘的吟唱。比如，在建筑艺术中，构成建筑物的基本材料是冰冷僵死的物质；只因它与上帝所赋予我们的生命具有内在同构——与我们灵魂的血脉贯通，方才诞生了美。美的终极源泉只能来自上帝的荣耀。当我们聆听声乐的最高形式"主日弥撒"的荣耀经中那些充溢光辉的声音旋律时，便可理解何为美之荣耀体态。这一音声织体的凝固形式便是精神性建筑（教堂）。那宏伟的主体空间、那精美的细部镂刻、那丰富的韵律变化，均充分显示了多声部的魅力。循着那流畅的生命阶梯，灵魂将瞻瞩到一系列生命与神圣相遇的动人奇迹。

在日常宴饮的恣意纵乐的表象之下，是生命时光的默默流逝和死亡阴影的悄然逼近。世间的一切，在时间冷酷之轭的驱赶下，无可挽回地衰颓。这是生命存在的可悲基质，它永远蛰伏在每一颗孤独的灵魂深处。我在梦中常见到这样的情景：身体被不可知的力量轻举入空，无根地飘荡，直至升到远离生命的清冷高处。当我借着月光回眸地球，竟是那样的无依无傍，亦如任何一颗平凡的星球那样闪烁着凄冷的幽光。刹那间我明白了：人是无法离开神而单独存在的！可悲可叹的生命存在作为神恩的赐予之物，唯有在神圣那里才能获得终极的依托与守护。

经过20世纪的磨难——人的解放与贬值、神的隐匿与显明，我们懂得了要执握做人的意义必须以恢复神性这一维来重整人性的定位，而人的正确定位只能在重建天、地、人、神四维空间中得以实现。

时至今日，冷战结束，意识形态的对抗正在逐渐为各文化域的潜在冲突所替代，人们似乎喘了一口气。但是，现代社会的痼疾——由于否弃神而带来的基本不信赖，仍在啃噬着从冷战阴影中

图1-7 丁方《时代的尽头》 2008年 综合材料 200cm×300cm
在时代的尽头，显露出一道希望的微光。当都市历经斑驳与锈蚀的煎熬之后，人与神重归于好的四重奏乐音，从伦敦桥飘散到沉重的东方大地

摆脱出来的人们。各种深层的紧张关系已把人们消耗得精疲力竭。由此，我们迫切需要构建一个使各种紧张关系趋于和解的时代。在这个时代中，人与神的重归于好是首要命题，而艺术则是将这一命题彻底开启的有力手段。

# 思辨之言说

## 一、使 命

自20世纪90年代以来,"使命感"一词在中国艺术界已成为一个被广为讥笑的词语,并在实际上成为大而无当、不切实际的浪漫主义理想、希图以西方文化来挽救中国现实、居高临下、不关注现实等话语的同义词。然而,不得不指出的是,这些对"使命感"的解读实在是一种中华民族传统的解读方式。

按照这种逻辑,拥有"使命感"就要"救国救民",即肩负变革社会、改造世界之责任。但这种源于传统儒家"以天下为己任"的现实功利入世观,与"使命感"的本真含义并无关涉。实际上,一个人出于对自我生存的意义与根基的追问而生发出的,对人之为人的价值论体认、生存位格的确估、基本信赖的决断、个人与终极关怀的维系,乃至基于这一切之上而萌生的"使命意识",完全是一桩个人生存论意义上的相遇事件,与"救国救民"无关(况且儒家意义上的"国、民"也非任何个人能救得了的,中国几千年历史已证明了这点)。那些思维仍限于中国传统的"入世,出世,或不得不无奈地滞留于世(以泼皮无赖调侃的面相'反抗'现实)"这一平面循环维度中的人,用中国俗话来说,是"以己之心度他人之腹"。当他们所理解的儒家式"使命感"不能在现实中兑现时,便愤而将其归入大而无当、空洞无物之列。

那么,他们所倡导的"面对当下,关注现实"又是什么呢?无非是拣起中国清末民初年间市井社会中的痞、流、泼、赖的遗韵，至多再加上一些讥刺、嘲讽、怨毒和看透一切的佐料混杂在一起，称之为"切入当下现实的新方式"。遗憾的是，这一切都不"新"了。中国延续了千百年但始终如一的"当下现实"，早被寒山拾得、泼皮牛二、东邪西毒、阿Q们反复切入过。如今这批新入伙的20世纪90年代前卫艺术弄潮儿，尽管被包装上了后现代的色彩，但究其本质还远不如老祖宗们来得彻底——痞得还不到家，毒得还不到位，因为他们是功利的，还没有真的"看透"！那些传统文人看透政治，就归隐去了、钓鱼去了；反之，如若真反抗，就干脆投身社会变革，拉队伍上山了。看来，在各种理想破灭后，返回"中国特色"仍然遇到难题。一言以蔽之，这些"以中国方式切入当下现实者"，与其老祖宗一样，仍旧在为自己制造新的"生命谎言"。

## 二、轻　松

"你活得累不累？"这是常流传在国内艺术界的一个反问。问者似法官，被问者如被告。前者手中似乎捏握着一个看不见的标准：生存重者、累者为"傻帽"，活得轻者、乐者为"智人"。于是，他们便成了生存价值标准的持有者——只因他们拥有该标准被认可的"群众基础"。但这里唯独少了一些反问：如果轻是一个标准的话，那么究竟轻成怎样才为好？限度在哪里？难道这些不是傻帽的"智人"能轻到长生不老、羽化升仙的境界中去吗？如果"重"为生存者难以承受的话，那么"轻"就是人能承受得了的吗？实际上，老庄早就为这些"轻者""智人"指出过一条路，即变作一条鱼、一只蝴蝶，这才更轻。但鱼、蝴蝶也会死，也有"重"的那一天，不如干脆变成石头——在死梦、无情之中享永恒天年。

### 三、无　聊

一些人认为，以不"居高临下"即平视的方式去描绘自己周遭无聊、熟视、偶然、荒唐的生活片段，或去调侃、嘲弄从现代伪神到一般愚众的面相，便是一种"真实地面对自身的无可奈何以拯救自我"的值得称道的方式。因为那种英雄主义色彩的理想主义带来的是虚幻，它们根本无助于改变现实。确然，始于20世纪80年代中期的那种嘈杂纷扰的"理想"应该反思，那种急功近利的现世艺术乌托邦理应批判。但若只是如此，就过于弱视了——它至多证明了信奉此说法的人仍限于传统文人、儒士的心理情结。这一情结的心理逻辑是：先为功利性的现实目的而入世，碰壁后就转身走人、归隐出世，或采取现代的"滞留于世"的方式，即以泼皮、无赖、调侃来抗撷现实强权。这种心态的产物多少有助于形象地揭示和呈现无聊之现状，但要指出的是，无论是创作者还是观赏者，都从未领悟到这种揭露之后的深层意义。

之所以这样说，是因为：其一，作者与其说是以反抗姿态，倒不如说是以拥抱心态去创作的（只要看这些年的作品的轻薄劲就不难得出这一结论）；其二，"无意义、不恭、无聊"只有与"意义、虔敬、理想"互相对立并构成一个紧张的力场时，方才有存在的价值，就如同深渊、黑暗、苦难只有对应高处、光辉、救赎时才有意义一样。而中国有史以来本真意义上的正面价值缺席，使得上述无聊、泼赖、痞流之气只能在烂泥沼里愈陷愈深。或许他们认为自己被骗过，就理所当然获得了泼污水、吐唾沫、扮怪相的权利，获得了调侃、讥笑、嘲讽一切意义与价值的位置。这实在是一个自欺欺人的笑话。实际上，他们根本没见过真正的意义、价值和理想，就像一个始终蜗居在洞里但曾被磷火灼过的人，一口咬定世上没有太阳这回事而且任何发光的东西都应熄灭一样。正是在这种比现实的心狱还要黑暗的灵魂心狱中，悲剧、崇高、意义、价值、神圣、正义等遭到了唾弃，无数个生命存在体所遭受过的苦难——无论是个人的还是普遍的，无论是历史的还是当下的，均在这泼皮调侃、解构变形中被轻描淡写了，都在这污水、唾沫、怪相、机智、打哈哈中被弥合勾销了！

# 艺术与金钱

**问**：您是"85时期"重要艺术家，能谈谈您对今天艺术商品化的看法吗？

**答**：今日的艺术商品化是经济不断发展的一个必然现象，从某种意义上来说是一件好事。这是艺术家的劳动在社会中得到某种价值肯定的标志，而且它在流通循环中将反过来刺激艺术家的创作，并使公众有了接触与欣赏艺术品的更多可能。但商品化的负面作用也是非常明显的，特别在一个没有高级精神传统的社会里，那种迎合商品化口味的粗制滥造的作品，会败坏公众最基本的欣赏趣味。如果商品化带来的只是这种结果，那就是一个悲剧。所以我个人对此始终保持警惕。实际上，这一矛盾也指明了批评家的使命与任务。

**问**：目前国内艺术市场的最大问题是什么？

**答**：国内艺术市场目前最大的问题是缺乏真正有眼光的批评家。这是没有形成"画家—批评家—艺术市场—收藏者"完善而合理的体系造成的。画家与艺术市场和收藏者之间缺少了批评家这一环，导致了标准混乱的局面，甚至连一个最基本的公认尺度都没有。国内迫切需要有一份得到批评家指导的、办得真正有水平的刊物，它的一个主要功能就是为艺术购藏提供咨询与指南。

**问**：在商品社会里，艺术的本质会发生变化吗？

**答**：艺术（主要指严肃艺术）的本质如果从一个更大的范围来

看，确实悄悄地起了一些变化。至少它从十九世纪以前那种偏向于表现真、善、美转换到20世纪起始的"现代派"，转向表现突兀新奇的人与诊断商品化社会痼疾的苛刻医生之双重角色并立。但艺术的品级仍维持在形而上的精神层次上。这种世界性的趋向在中国刚刚改革开放不久就已显出端倪。然而从终极意义上来讲，艺术的本质又不会改变：作为人类永远需求的一种精神性创造活动，艺术在物质的商品化社会里将愈益凸显其独特功能，即在商品化与金钱至上的社会里使人类仍能保持人的价值、意义与尊严。

**问**：您现在的艺术创作的经济支持主要来自何处？

**答**：我现在艺术的经济支持主要来自出售一些小幅作品（主顾多为外国友人和收藏家），再就是进行一些"笔耕"、编辑插图等。我的消费要求不高，除了画画的材料外，就是音乐和书籍，所以基本不成问题。我有一个基本观点，觉得人太富有并不是好事。一个社会对资源的开发大大超过其消费需求并致使享乐主义泛滥，将导致人们精神文化素质的普遍降低（金钱至上造成的"文化沙漠"就是例证）。它使得公众作为"人"丧失了古代文明社会那珍贵的团结、艰苦、坚忍及骁勇的品质。而商品化社会在其未来所可能迸发的致命痼疾主要也在于此。我认为这是很有道理的。在我们开始发展的今天，就应该深入思考这些问题，因为它牵涉一个对"人的本质"的定义问题。艺术永远是表现人的。

**问**：您认为国内企业或收藏家，无论他们出自什么角度购画，与国外画廊和收藏家的情况有什么区别？您对国内收藏持有什么基本态度？

**答**：当然有区别。国内主顾很多不懂画，不是靠别人提供意见，就是自己随便选择。而国外买主相当懂行，这与他们博物馆、画廊林立以及教育水平有关。这种现状更加说明批评家予以指导的重要性。

我对国内收藏持积极态度，宁愿价格低一些，自己画的画也要留在国内。因为这毕竟是我们自己的事，只有自己搞起来了，中国艺术家那一份独特的精神与情感才有了一个本土的归宿。这块土地上产生的精神状态应该同这里的人们产生心灵共鸣，而不应完全寄希望于被另一种精神状态下的文明所赏识。

当然，这不是强调民族本土主义，而是强调不必硬性跨越生命中最深刻与最真实的体验而去追潮流。自己的东西真正搞深刻了，也就会具有世界性了。拉美的文学艺术就是一个很好的例子。

**问**：艺术买卖对您非常重要吗？

**答**：严肃艺术是一种纯粹精神的追求，它从一开始就不指望一定得有现世的报偿。如果一位艺术家认为艺术买卖非常重要，也未尝不可，但他就应该去搞一种适合于买卖的作品，这对提高和普及公众的欣赏水准与审美享受也会起到一定作用。但如若他既要维持自身艺术的"精神高度"，又很看重买卖并到处钻营，我以为就未免有些虚伪了。总之，应摆正其中的关系。

**问**：您对批评家在艺术品买卖中的位置有何看法？

**答**：在艺术品买卖中，批评家应具有指导性的位置。艺术品买卖一般说来是一个将文化价值经过商品流通转换成社会价值的过程，其中最重要的是把握一种价值取向，它是决定能否完成最充分的转换之关键。在一个社会里，这一转换大概是构成当今社会的文化积累的主要方式。但价值取向的真正获得并非轻而易举，它需要具备对历史深刻的领悟和对当代敏锐的直观，而这正是批评家所能提供给这个社会的。

**问**：画商和艺术家的关系在今天的中国应该是怎样的？

**答**：画商和艺术家的关系不应是直接的，而应在二者之间有一个过渡，即艺术家应有一个经纪人。这样可使得艺术家不必为那些价格、分成、收藏诸问题或羞于启齿或太擅钻营。当然鉴于中国目前艺术市场尚不发达的国情，艺术家暂时委托一些与画廊熟悉的批评家做他们的经纪人也未尝不可。这虽非上策，但至少可使某些有远见的画商认清某些有潜力的艺术家的价值，并保证艺术家不用分神而全力以赴地投入创作。更为健全、合理的关系则应是"艺术家—经纪人—批评家—画商—收藏者"这五维既相互独立又相互关联的有机结构。

# 远离资本的勇气

相对于日新月异的中国经济以及层出不穷的各种国际会展而言，中国北京国际美术双年展大概可以算得上是一个姗姗来迟的国际性展事。它的内容和形式似乎相对保守——只限定在绘画、雕塑两个领域，而不是像国际上已有数十年或上百年历史的美术双年展那样，在作品内容与展出形式上进行不断地变换和翻新，即通常所说的"与时俱进"。因此，北京国际美术双年展引起许多议论甚至争执，也就毫不奇怪了。那些热衷于当代先锋艺术和前卫艺术的人，尤其对这类展览不屑一顾，认为这只不过是官方美术机构寻求国际化艺评氛围但又无法改变其自身文化保守姿态的一出戏罢了。我就曾听一些艺术家和批评家在私下议论，"瞧，他们找来的人大多是一些保守滞后的甚至在国外没什么事做的学者和批评家"，"不敢请那些真正厉害的人"云云，仿佛艺术如果不日新月异，不"先锋"、不"前卫"、不"行为"一下或"裸体"一下，艺术的死期就到了。正由于这几年看了太多标榜为"先锋艺术""前卫艺术"、实则是一些艺术观念垃圾汇集的现象一如潘多拉盒子在中国打开，我不得不发出这样的询问：艺术为什么一定要先锋、前卫？难道因为时代的变化，我们对艺术的判断标准就必须参照电脑、手机的更新换代标准？难道就可以置人类文化艺术史长期积淀下来的具有人文因素的价值系统于不顾，而另造一个所谓全新的标准系统？又有谁能保证它不是魔鬼呢？

也许先锋前卫派们会辩解他们关注的是如何跟上时代而不断创

造新的表现形式，手工绘画、雕塑在大众传媒和图像复制的时代已经完成了历史使命，理应寿终正寝；但我以为这恰恰不是问题的关键。我们目前所处身的时代，的确有着与以往任何历史时期不同的特点。它的本质被一些表面现象遮蔽，所谓全球化就是这种"遮蔽"最为典型的症候，其中被遮蔽的最大秘密就是"资本"。在许多专家看来，双年展具体展出什么东西并不重要，而由它所带动的一个区域或一个城市的旅游经济、消费经济才是最重要的。这种观念已在过去几十年逐步成了一种主导性的权力话语。正是在这种权力话语的影响下，消费人群流动的欲望与跨国资本流动的欲望合谋，使双年展由过去追求相对纯粹的学术性而迅速蜕变为讲求表现新奇、感官刺激和震惊效果，成为攀附在城市旅游、消费经济巨大身躯上的一条藤蔓。它使得国际上绝大多数的双年展都患上了某种"恐慌病"，每个人都生怕跟不上时代而竞相在形式和花样方面不断地折腾。但事实却是"先锋艺术""前卫艺术"越来越如同一只被泼尽了水的空碗，已没有什么内涵可言；与此相应，"先锋""前卫"艺术的存在周期就像门捷列夫元素周期表一样变得越来越短，似乎人人都要以自己短暂的成功来证明当代艺术永远的不成功。它印证了那些伟大的历史学家们曾发出的告诫：一个过于注重形式、渴求花样翻新的时代，往往是一个精神涣散甚至堕落的时代。

携经济全球化之势强烈冲击中国文化艺术界的当代西方文艺思潮，以及派生出来的各种先锋、前卫艺术现象，虽然摆出一副对抗社会、任何账都不买的"先锋姿态"，但近几十年来的发展逻辑却揭示了这样一个事实：与社会激烈对抗的姿态，是为了在市场中谋取更高的身价；一旦资本张开怀抱，先锋、前卫艺术家们便欣然投奔，只是两者间的关系往往是以"富于对抗性的作秀"面目出现，让一般人摸不着头脑罢了。公正地说，这种局面并不是由于从事先锋、前卫艺术的艺术家人品低下或素质不高，而是由这一类艺术在精神与价值领域里的无为本质决定的。这类艺术基本上来说是一种没有理想、缺乏愿景的艺术，它只知道它所欲颠覆的和摧毁的，却不知道也不想知道它所欲祈望的与构建的。在西方，当人们对充斥博物馆的艺术品渐渐麻木而没有感觉时，当作为所有社会行为的最重要的内驱力——资本已成为无所不在的权力话语时，当无限追逐效率和利润的"资本"这只无形的巨手导演了人类的视知觉革命即图像复制时代取代了绘画雕塑的时代时，实际上也翻开了人类思想史和艺术史的新的一页，即无所作为的一页。在这样的时代中，即使思想界和哲学界也未能幸免。看看当代最先锋前卫、最炙手可热的思想家和哲学家，他们的理论无论怎样高深、艰涩、新奇、巧妙，但总体来说丧失了人类精神丰满时代的那种气象，而只是对以往思想山峰或艺术纪念碑的修正、解构。即使若干流派与人物有新的思路，但相对来说仍然看不到什么令人振奋的希望。因此，当我们以如今的文化艺术为背景，回首去看历史上的宗教艺术——不论是基督教艺术、东正教艺术还是佛教艺术，反而会产生一种自愧不如的感觉。不是在形式方面，而是在从事艺术创作的最为内在的驱动力方面，现时代的人不如古人，也没有资格去说三道四。

  在我看来，北京国际美术双年展，尽管还带有少许官方意识形态的色彩和旧体制的痕迹，但这反倒成了一件好事。它不仅体现了远离资本的勇气，而且给出了这样一个平台：当世界各大城市的双年展陷入内在精神空洞化的泥淖而无法自拔时，中国美术领域则可拒绝"经济驱动的负面效应"而保有相对纯粹的学术姿态，而这一姿态是我们重建当代人文主义文化的可能性之所在。

## 艺术市场的投影

21世纪以来，中国在政治、经济、文化、教育等方面都经历着翻天覆地的变化。这一变化的显著标志就是多元化与市场机制被社会全面接受。就文化艺术领域而言，也经历一个前所未有的多元化局面。它曾是我们在20世纪80年代向往但不敢奢望的，却在当今随着改革开放的不断深入而逐步成为现实。仅从书店和报刊亭陈列架上五花八门、种类繁多的艺术类刊物来看，便印证了这一点。但我们更要看到，艺术真正持久的发展与繁荣的基础有赖于一个发育成熟、成长健康的艺术市场。80年代的艺术局面虽然热闹，动辄一个展览就能吸引整个社会的关注，但在新潮艺术"先锋""前卫"的热闹表象背后，却是明显滞后的社会整体艺术发展水平。整体与局部相互脱节的艺术，难以成为社会基本消费的组成部分。

二十年来，国内经济的发展和社会阶层的分化，已逐步造就了庞大的中产阶级和数量不少的富有阶层（有闲阶层），信息的发达使这批人了解到艺术收藏的价值与乐趣。尤其是近来艺术收藏对当代艺术品逐步倾斜的现象，似乎标志着购藏者已从保险不输的古玩字画开始转向增值潜力更大但风险也较多的当代艺术领域。艺术市场毕竟与有统一标准的制造业不同，它的成长不仅依靠社会的整体发展水平，而且依赖许多"软"领域的水准（如教育背景、鉴赏水平、专业知识、美术史、艺术史修养等）。此外，专业媒体和专业推广也至关重要，它是引领众多希望叩开艺术购藏世界大门的朝圣者的台阶。我曾遇到过一个颇具代表性的实例：一位企业家在报纸上看到一篇关于艺术品收藏的文章，通过一连串数据的分析得出如下结论，即艺术品收藏的投资风险为零，其增值可能性则居各种投资之首。于是，他断然决定从连遭缩水的股票市场撤出一部分资金而踏入艺术收藏领域。但紧接着他便碰到一系列问题：如何把握艺术品的判断依据与价值标准，到底是收藏古人字画还是当代绘画？收藏中国画还是油画？如何看出一幅画的好坏？是依据眼睛还是靠耳朵购藏（意即以别人的说法来决定是否购买）？最关键的是，这种投资的乐趣究竟在哪里？购藏者真的喜欢他要买的艺术品吗？真的理解它吗？对当代艺术家的作品如何欣赏和把握？需要同时了解艺术家吗？怎样了解？这些问题大大超出了任何一位藏家本职工作的范围与业余时间的极限，结论只有一个：藏家需要帮助，需要专业刊物与专业人士的帮助。

更为关键的在于，这种帮助不只限于知识性的、历史性的、数字化的领域，还应渗入到软性的、形象化的和人性的范畴。介入艺术购藏，从某种意义上来说是与历史交谈、与人性触摸。艺术家通过作品投射出最敏感的心灵对当下时代本质的看法。正如新近一个大型艺术展言明其宗旨所在："艺术终究是对人自身的关注，对人际关系和人类的生存环境与生存方式的关注，对人类的历史和未来的关注。它所面对的不仅是人性的问题，也是艺术的问题。"因此，从问题多多的社会现象中得到某种内心的回应，不再是艺术批评家或艺术观众的特权，同时也是艺术购藏者的当然权利。在这个充斥功利性和目的性话语的社会中，不同领域的人可以通过艺术语言获得深层次的交流。这种交流具有金钱价值所无法企及的人文价值。

从国际经验来看，艺术市场好比冰山浮出水面的一角，要做好艺术市场很重要的就是做好冰山在水面下的那一大部分工作。因为在市场成交的数字背后是大量的长年积累的系统工作，其焦点往往集中在沟通和梳理艺术家、批评家、画廊、经纪人与购藏者之间的关系。这种沟通需要充分的物质空间，它不仅是指展览空间，还包括艺术家工作社区、艺术交流研讨场所、艺术休闲场所等。比如，在一次由法国举办的国际性展览中，有关方面就曾组织观众集中参观作为外围展的艺术家工作社区，观者在奇妙新颖的建筑与环境空间中穿梭，同时获得了艺术欣赏与文化旅游的享受，所取得的良好效果自不待言。2001年的上海双年展也曾有类似的尝试，但以"东大名创库"为主的艺术家自己经营的工作室却在苦苦支撑中饱受批评。最近甚至因城市规划拆迁，这些工作室面临着朝不保夕的局面。两者相比较就可以折射出从政府政策、社会支持到机构参与、组织策划等方方面面的差距，它既显示了目前国内艺术流通与循环软环境的问题，也说明我们在艺术领域还有很大的发展空间。

我有充分的理由相信，只要通过关心中国艺术的人们的共同努力，我们一定会以东方人特有的智慧创造出一个崭新而丰厚的艺术繁荣局面，无愧于历史赋予中国最好的发展前景这一时代机遇。

# 解读素描

## 一、我的素描心路历程

我醉心于素描艺术，因为它的厚重朴实和黑白光影与我童年时的黄土高原记忆叠合。艺术的脚步是从生活中走出的。要想成为一名真正的艺术家，个人的精神必须返回母土。只有获得蕴藏于大地深处的力量，才能使个体灵魂得到真正的上升，才能使本我的地域艺术具有人类的普遍意义。

怀着这样的目标，我常常独自在黄土高原那辽阔的高大崞塬上探寻并体验着自然与人类的深刻关系。当时写下的手记片段，可作为我创作的那批以陕北人物和风情为主题的素描组画的精神按语："自然比我们之中的任何强者都要强。在那深沉浑厚的原野、山脉与河流的拥围下，人们的衣帽、手臂的筋脉都打上了它们的烙印。尽管土地对人们是那样苛刻，但却不曾有人背弃故土。""自古以来，那里的人们便受尽了苦难，但劳累虽夺去了人们的容貌，却没有夺走人们达观的欢笑；我从中感到了那里的人们对土地的热爱眷恋之深情，感到了他们在默默忍受苦难时所体现出来的庄严、伟大。"在这一认识的基础上，我通过厚重的笔触去刻画展现于黄土高原之上的人文气象——这是一种由质朴的造型、严整的结构与雄浑的力度构成的人与天地同在的宏大场景。这一场景的史诗性质常常驱使我将一个普通的景观处理成既是现实的，又是永恒的。

为了表现上述从现实中体悟出的形而上精神景观，"光"在我的素描中扮演着"引导者"的角色。我在实地写生时记下的手记，可成为读者理解我素描画面中光的意义的最好索引："说来不可思议，一个人竟被一种光深深地吸引。当它不期而至来到画面上时，便成为他对整个世界感受的象征与凝聚。""古朴而凝重的流体冲刷着斑驳的两岸。当一道深沉的青光轻轻地漂浮在黏稠的黄褐色液汁上时，我正行走于沿岸果实累累的枣林中。""一个月光姣好的星夜，在我旅途中驻留的穷乡僻壤，看到了一轮在矮墙上柔和推移着的明暗光晕，于是，那生命的默默步履便走入我的灵魂之中。"我始终认为，光是素描的灵魂。有了光，普通的日常景象变得具有灵性，卑微者变容为高贵。伦勃朗就是深谙这一奥秘的大师。

素描艺术还涉及个人与历史、东方和西方等诸多问题，这也是许多艺术爱好者们关心的课题。我画于20世纪80年代初的陕北风情素描组画，也是一种来自大地启示的艺术。这类艺术所包含的历史价值与人文价值的情怀，是它不会因时间的流逝而落伍的根本原因。下面，我谈一谈此方面的心得体会。

古人云："师法自然。"我觉得还应加上一句，即"师法自然，倾听内心"。现代绘画的先驱保罗·克利在教授素描时这样说过："你应当把开始画一根线条当作心灵的散步。"[①] 的确，如果这颗灵魂是漫步在中国西北那无比壮阔的山河大地之中，就一定能创造出具有一流品质的画面来。如此便可理解我为何将"师法自然，倾听内心"奉为从生活的自然国度通向素描的艺术王国之信条。

体现在我的素描中的艺术追求，其起点是人类绘画艺术的历史，终点是民族文化地理的品质。这句话可以这样解读：在学习和逐步形成自我风格的过程中，要中西并蓄、博采古今；而自我绘画风格一旦形成，就一定要追求个性化和卓尔不凡。就最后一点而言，我

---

[①] 转引自王璜生主编：《美术馆：全球化语境中的博物馆经济》，上海书店出版社2008年版，第171页。

是以代表中国民族文化地理品质的黄土高原和西北大地，来作为我的艺术之精神归宿的。

中国画的线条和笔法，是我素描的一个重要营养之源。中国画在其长期的历史发展过程中超越一切的特性，是笔法的审美价值与个性气质的高度结合所造就的。画家首先是优秀的书法家。顾恺之的"春蚕吐丝"、曹弗兴的"曹衣出水"、吴道子的"吴带当风"，与"张旭观公孙大娘舞剑而得狂草之精髓"的美丽传说，均证明了书法和绘画之间的密切渊源。相形之下，西方画家的线条则较少受书法的影响。即使是在"图描艺术"占主导的时代，他们的线条也仍然是从体积和三度空间的理解出发。所以，如若将线条的局部进行放大分析，大致可得出这样的结论：西方画家的线条虽具有强烈的个性，但缺乏独立的书法审美价值；而中国画家的线条则相反，虽普遍具备明确的书法审美价值，然而个性之间的差异模糊。对我们今天的画家来说，如何恰到好处地将东西方的艺术精神、创作技巧进行有机结合，并在各种冲突和矛盾的因素中达到游刃有余的状态，我以为这便是东方当代表现主义个性化的美学走向。

## 二、独创性技法

我的作画过程通常是这样的：我先静静地坐在那里观察许久，然后轻轻地展开画板，双手摸索着笔和纸，并开始在充满各种可能性的白纸上空画，直至笔与纸接触的一刹那，一切便如期而至。这就如同一个天真的孩子念叨着他内心珍藏的故事，心无旁骛地去构筑一个关于自我、关于灵魂的世界。

在实地写生中，我常常面对某个选定的情景一坐便是一整天，专心致志地将各种现实景观的要素重新组织成一幅新的图像。这一图像之所以编织得十分缓慢，与我的独特画法直接相关。我的大多数素描均是依靠一支 5B 的中华牌铅笔画出来的,但这种工作方法并非一开始就形成的。最初,我与大多数勤奋的学生一样,曾在基本素描课中费尽心机地使用一切可能的工具——纸卷、橡皮、刀片,以及各种软、硬铅笔与炭笔,以求制造出尽可能丰富的画面效果。但在一次外出写生中我遇到了麻烦:橡皮、铅笔、纸卷,甚至铅笔刀都丢失了,仅剩下一支磨秃的 5B 铅笔!然而,我当时被不可遏止的创作激情燃烧着,仍不顾一切地拼命画下去,铅笔秃了就用手指掰开木头,露出铅芯之后继续画。不知不觉中,磨秃的铅芯和笔杆的木头在纸上留下意外的痕迹——某种隐没于坚实笔触中的沉着线条与微妙灰面,它们竟十分奇妙地接近我所期望达到的画面效果。于是,这个意外成就了我以黄土高原为母题的素描语言。

我的素描作品中的线条,与悠久的中华书画传统文脉有着密切关联。我自幼练习书法,日积月累后养成了对线条的高度敏感。当黄土高原决定性地赋予我宝贵的艺术资源后,一种崭新的线条语言便随之而生。画面中的线往往具有中国传统笔墨中"锥画沙"的平正强韧的力度和"渴骥奔泉"的凝重沉着的气质。那些用磨秃的铅笔在粗糙纸面上缓慢走出的线坚实而浑圆,根根向内收敛,显出一种"干裂风骨"——由结实纸面与秃铅笔缓慢而强力的接触形成的凝重感,既是以黄土高原为标识的大地之特质,同时也对应着我贯注于土地和生命的情感。对上述文化质地的体验,亦奠定了我油画创作中鼎力弘扬的朴实的英雄主义悲剧情怀。

### 三、读大师作品

在古今绘画大师中,对我影响最大的是伦勃朗素描的"光"和米开朗琪罗素描的"形"。伦勃朗素描是属灵的艺术。在他所塑造的所有场景里,都有一束灵魂之光占据着画面的中心位置。可以说但丁《神曲》从第一行起便是对西方灵魂的忏悔；而伦勃朗的绘画，则是这种忏悔的形象表现。米开朗琪罗的素描，则是真正雕刻家的素描。它通过对生命形体最为坚实的表现，展示了艺术家的灵魂对人性的深刻理解。他的笔触不是在描画，而似乎是雕塑家的一双手正缓慢地抚摸人体的每一块筋肉起伏。米开朗琪罗的人体素描无法用空间、体积、明暗之类的概念去衡量，因为他画的就是形体本身。

图1-8 丁方《迦毗罗卫的出走》 2008—2009年 综合材料 200cm×300cm
在公元前五世纪一个春天的下午，乔达摩·悉达多太子从迦毗罗卫出走，开启了人类历史上第一个"无忧王"时代。迦毗罗卫故城的残垣断壁，如梦一般在我心头萦绕，它必将于历史的某一个转折点重新升起，构建崭新的精神王座

# 色彩的精神解读

## 一、黄

黄是所有色彩中最能发光的一种，但一旦将它与灰、黑或紫调和，就失去了发光的特色，这时可把黄看作一种较浓密的、物质化了的白色。这种带了黄色的光越是被卷进这种物质的浓密度和不透明度，它就越是同黄橙色、橙色和红橙色类似。

金黄以它明亮的力量、无形的光辉和不透明等特点，暗示了物质的最高纯化，而它的无重量感则是作为一种纯度颤动出现的，象征着领悟和认识。如同真理只有一种，掺了假的黄，就像掺了假的真理，反而会损害真理，意味着背叛、猜忌、怀疑、不信任和缺乏理智。与暗色调对比，黄是鼓舞人的色调。在橙色上的黄起着比橙色更纯、更亮的作用。两者并置则如成熟的麦田及其上方射下的阳光一样。

红是黄的停止点。红紫色底上的黄有一种极端的力量，有一种坚硬而冷静的效果。一旦黄与紫红相调和，即先失去特点而成病态，带褐味而变得冷漠。

蓝底上的黄十分辉煌，但却很难处理得协调，因为富于情感的蓝色不会欣然容忍黄的聪明才智。

红底的黄显出欣喜和大声喧闹的效果，如复活节上的喇叭声，它的辉煌夺目向世人发出了强有力的知识与誓言。

## 二、红

红色的不可抗拒的光辉是轻易不能丧失的，然而也特别易变。在它向黄或蓝移动时，亦非常敏感。

黄味的红色和蓝味的红色，两者都显现出巨大的变调能力。适当的红色对比，可使红橙色具有一种兴奋、好战的热情。将红与左右人类命运的战争联系起来，红必然会带来战争与恶魔燃烧的世界。在战争中，它是战士们武装占领的信号，具有革命的特性。

红橙中燃烧着热烈而陶醉的夏，而蓝红或紫红则暗示着一种精神性的爱。

在紫红（深红）底上，红将世界的力量与精神的力量结合到一起了。

在绿蓝色底上，红就像一种炽烈燃烧的火焰。

在紫丁香色底上，红显出一种被拨弄的红晕色，并将紫丁香驱使到一种积极抵抗的地位。

在黄绿色上的红色，成为一种冒失而鲁莽的闯入者，激烈而不寻常。

在橙底上的红色，仿佛被压抑着，暗淡而无生命，好像焦干了的芦禾。如将橙加深到深褐，其上的红就会带着一种干燥的热气蒸腾燃起火焰来。

只有在与黑进行对比时，红橙才会迸发出它最大的不可征服性和超人的热情来。

红与黄不一样，它有着丰富的变调手段。它可在冷与暖、模糊与清晰、明与暗之间进行广泛的变化，而不至于影响到它本身的特征。它可从在黑底上表现出超人的邪恶的红橙色到漂亮的甜蜜的天使般的粉红色，也可在凶恶与崇高之间表现出所有的中间效果。只有那种稀薄的透明的气体的东西对红色是个禁区，因蓝色在其中占有主要的位置。

### 三、蓝

从有形空间的视点来看，红积极，蓝消极；而从无形的精神观点来看则相反。红常与血产生联系，蓝则与精神系统相联系。

当所有促使发芽生长的力量都隐藏到黑暗与寂寞中时，蓝就成为象征冬天的大自然等事物的力量。

蓝总是带有阴郁感，并以它自身最大的能量倾向于黑暗方面。它是一种捉摸不到的东西，然而又作为一种透明的气氛（如地球的大气）而出现。蓝将我们精神中对信念的颤动，召唤到无限遥远的精神境界中去。蓝对西方人意味着信仰，对中国人则象征着不朽。

在暗褐（模糊的深橙色）底上的蓝被激发成一种强烈的颤动的战栗色，同时褐则被唤醒为一种生动的色彩。蓝使处于僵死状态的褐色苏醒。

红橙底上的蓝色，维持着自身的暗淡形象，但却变得发光，维护并持守了自身的冷漠和非真实性。

# 人类形象之美

人类形象之美，对我们来说既是一桩习以为常的事情，又是一个远离现实的奥秘。美的标准究竟是根据什么规定的？五官排列位置的比例关系——如果能被称为美的话，为什么非是这样而不是那样？形体的比例怎样才算是美？俊俏的眉眼和发式、装饰究竟构成怎样的关系才算是美？

在漫长的古代，人类为追求形象的美，经历了自然之美、人性之美、理想之美、神性之美等几个阶段。第一种产于和谐的环境，第二种源于尚美的追求，第三种出于天性的觉悟，第四种来自神圣的启示。

"自然之美"的经典形象出现于地中海世界。大约四千年前，迁徙到那里的雅利安人对原住民——闪米特人的造型观念进行了彻底改造，出色地把握了这里的自然美，并予以形象表现。

"人性之美"是希腊人独特才华的显示。希腊学者的知识体系赋予艺术家以理想的光辉，为人类形象美给出了最基本的规则。"黄金比""体液平衡""心身至善"等一系列原则便是至今仍弥足珍贵的遗产。

"理想之美"是人类追求更高思想境界的硕果。佛陀为信众指出了人性觉悟的正途，以怜悯、宽容和绝对的善为生命的理想；而希腊化世界里的佛教皈依者则打造出体现这种理想美的形象。更为重要的是，这一形象最终为"神性之美"的出场铺平了道路，佛像和圣像背后的光环便是连接这条道路的标志。

"神性之美"是人类形象美的最高境界。一方面，它创造出人类向往而又难以企及的美好形象；另一方面，它强烈地提示人类生命必须追求崇高价值，方才具有意义。一千七百年前，神学美学家普罗提诺的"神光流射说"，明确指出了"光"对形象的决定性意义，为超越现实的人类美丽形象标示出神性的位格。

上述历程展现出一条由水平趋向垂直的精神曲线，自然人性的平面向度转换为超然神性的垂直向度——这是人类形象创造历史上的惊天之变。

在金钱至上、拜物盛行的今天，价值观的混淆使人们在对"美"的判断道路上迷失，典雅、高贵、超凡脱俗被盲目滥用，以至于很多人在孜孜追求"高雅、脱俗"美的同时，往往离他原先追求的目标越来越远而不是更近。因此，我们有必要回顾人类历史追求美的历程，从而使古已有之的知识重新焕发活力，并滋养我们这些人的心灵。

图1-9　丁方《天使城堡》　2003—2009年　综合材料　170cm×270cm
古老的无名城堡在风的磨砺中颓倾，天使莅临在其上方，流淌的墨迹如无言的泪水，将东方苦地的秘密反复言说

## 光辉灿烂的美

公元三世纪初，亚历山大城学者云集，形成了历史上著名的"亚历山大学派"。其中有一位名叫普罗提诺，他将柏拉图的理念进行了发散式的理论性描述，构筑了神学美学的最初基础。

普罗提诺认为，希腊造型传统已经有了规定——美的第一要义是比例，那么阳光与星辉的美来自何处呢？它们的美并不来自其组成部分之对称。他最后得出答案——伟大单纯的美是由一种支配物质之黑暗形式赋予，是由一种不具形体的光赋予，这个光即是理念。在新柏拉图主义者看来，至高的"太一"向宇宙散发，逐级下降至物质，照耀在物质上的光只不过是"太一"的反射。在这里，上帝是一种弥漫整个宇宙的光流与光辉。

"葱岭古道"上的公格尔群峰包括海拔7719米的公格尔峰，以及海拔7530米的公格尔九别峰。晋代高僧法显于公元402年西行取经路过此地时大为感叹，直呼"大山如葱"！他从来没见过这样的山，直上直下的，就像土地上生长的大葱一样，之后他便如醍醐灌顶，彻底理解了上古时代"葱岭"称呼的来由。我曾多次去海拔7719米的公格尔峰一带体验，在特殊的海拔高度上，阳光照在山峰上的变化全过程。在普罗提诺去世一千七百年之后，我以自己的生命体验再次论证了光是美感神圣性的源泉。从美妙朝霞到正午阳光再到辉煌夕照，展现了无比崇高壮美的景象，一直到落日余晖完全消失，夜幕徐徐降临大地。我陶醉在光辉赋予大地存在以神圣美感的整个过程之中，而当夜幕完全降临后，美便隐匿了，若想再次与她相遇就要等到第二天。

　　从 20 世纪 80 年代初开始，我也曾多次在黄河两岸行走体验，或站在陕北佳县香炉寺俯瞰大河彼岸，或立于山西克虎寨仰望对岸的雄伟峁塬，黄土高原与滔滔大河融入通体金黄之中。其夺目耀眼之美，皆拜夕阳的光辉所赐。山西一侧的黄土高原海拔相对低一些，我经常乘羊皮筏到对岸去观看夕阳。黄河沿岸最重要的是夕阳，只有在夕阳的照耀下，才能充分目睹光辉如何使金字塔形状的雄伟峁塬变成黄金，怎样散发着激动人心的璀璨。当光辉退去时，立刻产生一种悲凉，黄金瞬间变回黄土，云天滑落深渊。

　　从晋陕黄土高原向西是甘青黄土高原，再向西便是雄浑广袤的青藏高原，在此，我深刻感受到何为绝对意义上的垂直向度，并感受到这种垂直向度是如何挣脱肉身存在的重力，向我昭示出美感神圣性的源头。

　　中国作为世界的山脊之地，拥有象征人类崇高精神的绝对地理高度。但由于历史原因，蕴藏于中国山峰内的神圣能量未能充分彰显。如今我站在东西方文明的历史交汇点上，再次谈论美感的神圣性时便获得了某种超越的可能性。山峰在不断地提升，这种提升为我们的心灵做了准备。它的存在是沉寂的，但它在等待能看懂它的人、读懂它的人到场。

## 下半部

# 画之情

## 难忘的 1977

1975年春天,我的大姐已经当了九年知青。为了回城,她重拾荒废了多年的钢琴演奏技艺,报考了南京艺术学院音乐系。虽然专业名列前茅,但却因政审不过关而落榜。我的父母都是知识分子,在年轻时凭着"救亡救国"的爱国热情积极投身革命,加入了地下党,不想几十年后在"文化大革命"中多次抄家并双双被劳动审查,给自己和子女带来了无法解释又无法解脱的痛苦。在那个年代,大学的门只对"红五类"敞开,而对我们这些"可以被教育好的子女"来说,是可望而不可即的。

1975年秋天,因两个姐姐已经下乡,高中毕业的我被幸运地分配到一家丝织厂工作,算是"留城"了。在工厂里,我被安排当运输工,每天骑三轮车运货,常常一天来回好几趟,运送地毯。车上堆满了几大捆地毯,非常沉重,要经过狭窄的街道,绕过七八道弯。就这样骑了一年多,厂领导忽然发现了我的绘画才能,就把我调到纹样设计室。不久,我以"可以被教育好的子女"的身份考上了轻工局系统的"7.12工人大学",这实际上是一个美术训练班。从1976年至1977年,一年多的学习时间为我的绘画基本功训练打下了基础。

1977年恢复高考,南京师范学院美术系招生。我决心试一试,但是,单位不同意,无论如何不给我开单位证明。1978年南京艺术学院首次招生,我心想:这次绝不能再错过(果然,1979年南京艺术学院没有招生,因为1978年招得太多了,有一百多名学生)。但是，单位态度依旧，理由是："培养你不容易，如果你不报考大学，就送你去进修，你会有更好的前途。但你要是坚持考，考不上就被除名！"此时，家里人也有很深的顾虑：第一，留城工作很不容易，我的工作已很不错了；第二，令人恐怖的"政审"没准还在等着我，就算专业过关，也还是可能像我大姐一样落榜。但我被内心无法抑制的勇气支持着，坚持报考。

我夜以继日地用功准备，白天在"7.12工人大学"画一整天，晚上赶到文化馆去上考前训练班。每天从早奋斗到晚，疲惫不堪，多少次昏睡在公共汽车上，在终点站被叫醒，再往回坐。那时南京的冬天没有暖气，画画时间长了，手冻得无法握笔，但无论什么条件我都坚持画、画、画！这是我对自己的命运做的第一次破釜沉舟的决定，我希望用无可争议的实力，突破政审的关卡，攻克命运的险隘。我用尽了每一分钟，努力再努力，终于以第四名的成绩考上了南京艺术学院。当我从邮递员手里接过录取通知书的时候，全家人围拢上来，沉默良久。大家难以置信，像是天方夜谭。

1978年9月9日，我前往南京艺术学院报到。那天晚上，我拎着捆绑好的被褥行李，网兜中兜着脸盆茶缸等用具，上了公共汽车，不想两个忘记下车的男青年忽然夺门而出，将我的行李也踢下了车。莫名其妙的我顿时怒火万丈，跟着下去同他们大打一架，最后把他们打得抱头而逃。我一路狂追，忽然想起行李还在车站！天色已晚，一个个带着铁皮灯罩的路灯，隔着老远摇晃着时明时暗的幽光。我只好慢慢地找回去，拾到了破碎的眼镜，那散落的行李还静静地躺在马路牙子上。第二天是开学的第一天，而我的第一件事，就是配眼镜。

上学期间，我是起得最早的学生之一。每天，天蒙蒙亮就起床，从草场门跑到鼓楼一个来回，大约六七千米；后来从草场门到中山门，就是当时从西到东的南京城距离；再后来，从草场门到浦口的泰山新村，距离有近二十公里。跑回来，不分什么季节，就是一冷水澡，夏天还好，春秋咬牙，冬天冻得直跳。

1981年，学校召开校运动会，我参加3000米赛跑。由于各种原因（如肚子痛、感冒等）就剩下我一个人跑，真是尴尬。在没完没了的跑道上，我既是第一名也是最后一名。比赛结束后，我得到奖品，一个特大号的铝饭盒。当时学生的餐具都是放在食堂的，那只巨大的饭盒只用了一次就被偷了。

我记忆最为深刻的就是一种激励自己奋发用功的意志贯穿在四年的大学学习过程中。那时我们白天画了一天不算完，晚上接着找模特儿再画。我非常节俭，省下的零用钱全做了模特儿费。同学们也经常互相做模特儿，也可借此赚得片刻的休息。而我做模特儿很少，只想抓紧一切时间画画。晚上一边打瞌睡一边往宿舍走。在那个信息匮乏的年代，若能遇到一些从外国画报、画册、杂志翻拍下来的照片就如获至宝，赶紧临摹。传递这些来路不明的照片是要遵守约定的公德的，那就是每个人都只有极有限的时间。临摹这些模糊不清的小照片通常只有一天乃至半天，马上就要传给下一个同学或还给人家。记得一个夏日的晚上，我获得了一些捷克艺术家的铜版画翻拍照片，足有七八张。作品激动着我的心，赶紧上床垂下蚊帐，打着电筒，一夜陶醉在疯狂的激情中，铜版画细密的笔画浸透着无限的诗意和想象。天亮时分，我总算临摹完了，带着幸福的困倦，倒头睡去。这是我非常满意的作品，后来被同学当作范本去临摹了。可惜东传西传给传丢了，不知在谁的手里，作品上面也没我的签名，连收藏的人恐怕也不知是谁临摹的了。

经过"文化大革命"、1976年粉碎"四人帮"、1978年关于"真理"的辩论和紧随其后的改革开放，建立了新一代人对社会、对国家、对人类的责任感和使命感。这是77、78届大学生一代人基本的心理人格。我们在进入大学后之所以延续了考前刻苦学习的精神，其实就是这种心理的延续。它代表了一种"自愿付出体力去占有知识"的强烈意志，这种意志又促使我们不断地追求真理。当时美术界最具影响力的是袁运生和陈丹青，他们就是这种心理人格和责任感、使命感的代表。我们都以他们为典范，观摩和临摹他们的作品。

大学三年级的时候，我们全班要去苏州写生实习了，这是工笔画专业必修的课程。但我的内心却忐忑不安，那看不见的人生分水岭就在眼前！命运之手又一次在冥冥之中指点我，我坚决不去苏州。老师愕然："你是班长，在同学中威信很高，一定要起带头作用；再说这是你的专业，这关系到你的毕业分配。"但我决心早已定下，经过反复的陈述、表达，最后与班主任达成了协议：在完成既定功课的情况下，不事声张地一个人出发。于是，全班其他人去了苏州，而我独自一人去了黄土高原。以往没有任何人对我说过黄土高原，这是我第一次踏上黄土高原，这是来自灵魂的力量。在那里，我返回历史、返回生存之根，追求生命的真——因为生命中最坚实的真就在黄土高原之中。从秦汉文化到巴赫的音乐，都无比丰厚地呈现在伟大的高原上。我在那里没日没夜地画了一个月，有时就露天睡在孤独了近千年的废墟中。

一个月后，我背着伤痕累累的大画箱，里面装着近百幅素描，带着满身黄土高原的气息来到北京，去中央美院拜访从未谋面的陈丹青和黄素宁夫妇。在一位中央工艺美院南京籍同学的陪同下，我们爬上一座幽暗的小楼，那是中央美院的研究生宿舍。轻轻叩门后，黄素宁打开了门，问我们找谁。我们说是南艺（南京艺术学院的简称）的校友（黄素宁原是南艺的学生）："我叫丁方，正在南艺读大三，带了一批黄土高原的写生素描，请你们看画并指教。"黄素宁说："哦，那要请丹青看，现在他不在家。"黄素宁要我把素描放在家里并留下电话号码，我就回去了。过了两天，黄素宁打电话给我说：丹青看了很激动，约我第二天中午在美院门口见。

这是我第一次见到陈丹青。他穿着牛仔裤，显得十分精干。我们俩一见如故，他兴奋地对我说："我们看了你的画，觉得画得太好了，没经过你同意，我们已经在美院食堂给你办了一个展览，关键是江丰院长来看了,当时我们都忐忑不安,怕他批评,没想到他看了以后很高兴,连夸你画得好,我们的展览办得也好。"陈丹青又说:"江丰院长说一定要见见你,咱们电话再约吧。"两天后,我和陈丹青、黄素宁三个人一起去了一个有电梯的楼。那时有电梯是很稀奇的,江丰先生的家就在这里。江丰先生三十年代的木刻风格鲜明、强劲有力,曾受到鲁迅先生的大力褒举,他的画风我曾经专门研究过。当我看到这位尊敬的前辈,心中十分激动。他说:"这个年轻人把我们当年想要追求的东西画出来了!"他鼓励我要将自己的艺术风格坚持探索下去。

后来,陈丹青介绍我认识了油画系的学生施本铭,他又带着我去见袁运生。在一个平房的画室,我见到仰慕已久的袁先生。他仔细看了我的素描,肯定了我的探索精神和表现手法,还拿出墨西哥画家的画册,建议我好好研究一下墨西哥画派的风格。中央美院壁画系负责人张世春老师对我非常关心,请我到他家吃饭,并为我日后的发展提出计划。他建议我第二年2月报考袁运生的壁画专业研究生,我欣然接受。由于时间只有三个多月,我便开始了新一轮的拼搏,但由于英语基础不好,最终没有考上袁运生的研究生。

当张世春老师得知我没有考上,而我又面临毕业分配,就请袁运生给南艺保彬院长写了一封信,其中提到"丁方是个人才,应该留校"。同时,1982年第二期《美术》杂志发表了我的"陕北风情写生"系列素描作品,也为我留校增加了分量。

快到夏季的一天,南艺院长刘海粟从上海来南京。当时学院为他建的公馆还没有盖好,临时住在西康路一座民国时期的小洋楼。我依旧扛着那只满目疮痍的大画箱,里面盛满来自黄土高原的创作。楼下校办公室的人不许我进去,正在反复交涉时,徐乐乐的母亲(徐乐乐日后成为著名的国画家)——并不怎么熟悉我的孙瑜副院长发现了,她马上叫我进去。我告诉她想请刘老看看我的画,她叫我等着。我把箱子打开,将素描铺开。这时刘老下楼来,一一细看,大加夸赞："好，好，有力度！"他对我说："你是个优秀青年，应该深造。"我说："我学的是国画，但想考油画系的研究生。"因为实现这个想法难度很大，本担心刘老反对，可是刘老一听立即说："你应该考油画研究生，如果没人带，我来带你。"临走，刘老握着我的手谆谆嘱咐，我觉得刘老的手非常柔软，也略有些无力。

1982年7月，我终于被留校了。从1978年到1982年，我走完了我四年的大学历程。这是充满拼搏硝烟的四年、收获巨大的四年。过了一年，我以总分第一的成绩考上了苏天赐先生的油画专业研究生，其过程更加艰辛，而这是后话了。

时过多年，刘海粟先生、张世春先生已经去世，我的恩师苏天赐先生也于2006年辞世，我一直非常感激他们、怀念他们。我也很感谢孙瑜院长等南艺教师给予我的种种帮助，同时也对黄素宁、陈丹青、袁运生等同人的知遇之恩心存深深的感激。

# 我的绘画心路历程

## 六十年代

童年在我的记忆中是一幅质朴的风情画。我们一群孩子整天与蓝天、厚土、庄稼和果实打交道。留给我印象最深的是那些沉入大地厚土中的人的居所和田野——土崖上的窑洞、地坑窑围合成的院落、院子中央耸立着高大的槐树，树冠一直伸展到上层的土地上，犹如原野中的一株巨大的灌木；还有金黄的麦田，枝叶茂盛、果实累累的杏树，在飒飒晚风中摇曳，这与我后来形成那种质朴厚实的画风有很大关系。小时候，我常与兄弟及邻居的孩子们一起玩耍，在田野中摸爬滚打，尽情呼吸着大自然的气息。我的父母是知识分子，爱静不喜动；而我则爱动，这或许是我身上互相矛盾的两种因素——知识分子的外貌与画家的运动本质相结合的原因。

人在童年时大致都有一个突然告别连环画而开始喜欢文字的阶段。我清楚地记得是在我 7 岁那年。一个夏日的下午，在翻阅父亲的书柜时，两本典雅而高古的书的封面深深吸引了我，定睛一看是《左传》与《史记》。我朦胧地感觉到这里面一定蕴藏着宝贝。于是，我便手捧书和字典一口气地看下去。书页中那一个个深沉卓绝的故事，使我对中国历史以及诞生这伟大历史和人物的土地产生了一种强烈的憧憬。关键是这种憧憬似乎带有一种先验意味，它使得我一下子变得会画画了。从此，临摹《三国演义》《东周列国》

《史记故事》等连环画成为我获得童年快乐的主要方式。

## 七十年代

1966 年，我 10 岁。荡涤社会各个角落的政治运动——"无产阶级文化大革命"使我不得不远离了这一切。通过临摹连环画而发展起来的少许绘画才能，都被用到教育革命题材的黑板报上去了。终于有一天，我经过一番努力，踏进了艺术院校大门，那个潜藏在心底的夙愿终于得以落脚。我轻声对自己说：终于熬到用画笔去重温童年梦想的时候了！

尼采是"生命意志哲学"的代表人物。《悲剧的诞生》一书的宗旨是崇尚古希腊的古典精神，重点论述了"狄俄尼索斯"酒神精神与"阿波罗"日神精神的二元对立、不可调解而导致悲剧的萌生。而我所理解的悲剧，又包含基督性的要素。也就是说，悲剧是人类生存的基本恒定性质，它与原罪密切相关；但悲剧也能给人带来力量，那就是拯救的力量，以基督耶稣为榜样施行灵魂的救赎。可以这么说，《悲剧的诞生》是我创作"悲剧的力量"系列的最初契机，但其中又渗入了基督性的理解。《瞧，这个人》是尼采以诗化的语言写下的有关"生命意志"的论述，也深深地影响了我的创作。

## 八十年代

踏上黄土高原，对我日后的艺术历程既是一个决定后来所有决定的原始决定，也是一桩满足了内心原初憧憬的还愿行为。

黄土高原的深厚使人心颤，它的贫瘠则令我心寒。然而，在这贫瘠的土地上，人们所体现出的对苦难的忍耐力、应对困苦的生存勇气以及劳作的永恒身影，恒久地烙在我内心深处，留下了挥之不去的印记。

  在葡萄变褐的成熟秋日，簌簌作响的树叶下盘腿坐着一位画家。他把画板紧紧地贴在胸前，深攥的铅笔在粗糙的纸上艰涩而行。一个个粗犷而质朴的形象在他仔细呵护中缓缓凸出纸面。此时他什么也不想。他已不存在了，只有被艺术之灵引导的画笔犹如一丝生命之细线在呼吸。但这种诗意的沉醉并没有打消一个爬入他脑际的疑问：难道那些轰轰烈烈的历史真的是在这片荒芜、贫瘠的大地上发生的吗？难道这些庄稼汉、乡妇、村童是那些史书中描写的视死如归的英雄们的后代吗？如果不是目睹博物馆内陈列的真实物证，他是无论如何不能将二者联系起来的。从此时起，这一痛楚便再未离开过他。

当我翻开二十年前的笔记本读这段以第三者口吻描述自己当时状态的文字时，方才真正体会到，关注这类问题就如同涉河者又负上了额外的重担。但我并不懊悔，因为这是我心甘情愿的。我爱它。它曾驱使我去寻找答案，同时又断然让我不相信有任何答案，于是产生了堆积于我画室中的那些反复演绎类似主题的画幅。在枯涩而沉重的笔触与肌理的拥围下，亮光极为吝啬地只显出一点，暗部则翻涌着阴沉的命运力量，一切都在相互吞噬、消融。

  如今我们正处身于一个陌生的时代——大众传媒时代。它崇尚商业信息，摒弃人文价值，接纳平庸媚俗，拒绝精神深度。这种杳无声息的滑落，对很多人来说却是甜蜜的乐子。但我仍然认为，已退居社会边缘的精神文化，以及与之相对应的深度绘画艺术，虽无法阻止这一切，却将一如既往地言说自身的意义与价值，并以自身蕴含想象的自由空间，对以往时代的某种伟大的自由文化做出回应，对破碎了的幸福做出许诺。

  我的艺术道路有些独特，譬如，我从小生长在城镇，却热爱远隔千里的大西北。自从 1980 年踏上黄土高原伊始，我便立刻产生了一种零距离的亲切感，究竟是何种东西吸引了我？如今冷静地回想起来，这种"西北情结"并非出自城市人对农村的好奇，或是类似旅游者的猎奇选择；而是某种根植于历史母土深处的文化质地，令我对那块土地产生深深的依恋，并最终决定抛却自己而跟随她。这种文化质地指的是什么？我以为，它包含了十分复杂的内容。仅从她那辽阔、雄浑但贫瘠、荒凉的外貌，便可勾勒出中华文明复杂而独特的内容。在漫漫的五千年中发生过多少惊天地泣鬼神的事情——开天辟地的神话传说，"士为知己者死"的侠士品格，对纯洁爱情的追求和奉献，美丽动人的异志传说，辉煌一时的强盛与荣耀，血腥乱世中的王朝更替，风雨飘摇中苟延残喘的小宫廷，劫难轮回的痛苦与灾祸，悲伤缱绻的亡国遗恨，在强大的外族侵略面前屈辱丧权、苟且求生，如此等等。

  然而，在这历史的万花筒里，我明白我要找寻的东西，那就是我们的民族和文化在这个星球上继续存在下去的理由与信心。在那块土地上，我为寻觅曾辉煌一时的中华文明古国的遗迹不得而失望；同时，我又为黄土高原延绵向西而呈现出的冠盖世界的伟大文化地理景观而自豪——因为我知道，在历史学家的视野中，这是人类文化最为基本、最为宝贵的资源。我在行走中以双脚度量土地、以生命抚慰岩石，这是袒露在亚洲中部寒暑严明的大陆性气候下的高原、河流与山脉。它和地球上其他任何地方的高原、河流与山脉都不同：这里的高原，是回荡着金属般深沉闷响的高崗与峁塬；这里的河流，是流淌着如血液般的黄褐色黏稠液汁的曲折弯道，它慷慨地造就了沿岸富饶而充满生机的滩涂；这里的山脉，是横亘于戈壁腹地的结构铿锵分明、闪耀金属矿藏的雄伟山体，以及在数条伟大山脉拱卫下凌空崛起的晶莹雪顶。我无数次默默地观察这些山脉，那裸露的岩体折线，如何经过漫长的旅程而到达山脉的视觉中心——白雪皑皑的锥形冰峰。正是冰峰的意志，传达出某种超越历史时空的使命。尤其对一个昔日的荣光已隔千年的古老民族，一个刚刚从持久的衰颓低迷中爬起、步履尚显踉跄的民族来说，她重生后的希望究竟在何方？目前我们所处身的时代是一个崇尚物质、贬抑精神、张扬自我、轻视历史的时代，它告诉人们只从生产力与经济增长率、GDP总产值和人均收入的攀升数字中获得快感和安慰。而一旦我们阅历过世界，眼光落在更深的人文层次——文化、艺术、道德、心性、修行及国民总体素质方面，就会痛感那一时无法弥补的差距。因长期贫血而造成的空虚和衰弱，在物质急速丰盛之际发作，有如SARS病毒爆发之迅猛，随之便是不可收拾的内在溃败。此时，人文艺术作为人类精神文化的重要组成部分，其价值意义方始凸显。真正的艺术具有一种承担，特别是当人类文明出现危机时，承担便化作一种使命。

## 九十年代

进入20世纪90年代，"85美术思潮"已是一页翻过的历史，其风云激涌逐渐归于平静，另有一股潜在的力量驱使我开始寻求某种更为深沉的思考。1990年左右，我几经周折，以200元/月的价格，与画家张惠平一起在圆明园西门附近的福缘门租了一个农家院，开始了北京近郊的乡居式艺术生涯——因为一来这里房租不贵，二来农村院落空间较大，可以做一些大幅画。随着另外一些画家朋友的迁入，海淀福缘门周边的农家院落热闹起来，并逐步形成了所谓的"圆明园画家村"。

在圆明园画家村的那段时光，我过着一种较为纯粹的生活，物质需求降到最低。每天去北大学生食堂就餐，隔一天到北大球场打一次篮球锻炼身体,其余时间就是看书、听音乐、作画。此间,我系统研究了东西方的艺术史、思想史、历史学、哲学、神学著作以及西方古典音乐,并在绘画中逐步确立了"精神性的深度绘画"的追求指向,而绘画风格则定位在悲剧性氛围、浓重的色调与强烈的笔触之上。

夏天过去,秋天来临。看着周边泛黄变红的树叶,华北平原显出一种成熟而质朴的美。冬天的村庄与田野被洁白的雪所覆盖,我们生着火炉,吃着自己做的打卤面,甜面酱搅生切黄瓜、西红柿炒鸡蛋,在冰凉的水泥地上向画布宣泄着热情。

如今回想起来,圆明园画家村的实际生活与校园生活虽然形式不同,但异质同构。它们有一个共同特点,就是物质生活与精神生活的强烈反差。前者体现为清苦且平淡,后者体现为丰富而纯粹。在校园里最大的益处是可有大量的时间泡在图书馆,并可轻而易举地在历史与艺术的长河中尽情畅游,而不为现实生活的各种需求所累。圆明园画家村使我回归了这种美好感觉。我很快与北大中文系的一些学生成了朋友,我喜欢他们的写作,那些辛苦付梓得以面世的打印诗刊文集呈现出一群年轻而火热的灵魂对文学艺术的赤诚追求,也给我的绘画创作以刺激。他们经常到我这里来,在弥漫着松节油气味的画室中高谈阔论,从埃及、希腊、罗马文明谈到两河流域、印度、玛雅文化,从俄罗斯艺术聊到拜占庭艺术,从文艺复兴谈到中国艺术的未来——只觉得有一种深远的伟大召唤在等待着我们,而全然不顾在现实中要向这高远的目标前进一步是多么艰难。回过头来看,我要感谢绘画,它是最能为创作者彻底发挥想象空间的艺术形式,人性的想象力在此得到最大的发挥,人类的尊严得到最大限度的维护。

自90年代中期以来,市场大潮逐渐占据了国人日常生活的首要位置。在社会经济和百姓生活水平获得巨大提升的同时,对精神文化的关注却相应淡漠了。城市在灯红酒绿的映照下,散发出精神的霉变与铜臭混杂在一起的气味，追求时尚、调侃严肃、玩弄现实成为当代艺术的主旋律。面对这一现状，我也陷入一种迷惘状态。在相当长的时期内，我始终对急速膨胀的都市文化持有某种质疑，并在思考中不断调整自己的艺术定位。我认为，艺术植根于深刻的生命体验中，而生命体验的根基在"天、地、人、神"四重结构之内。我在中国的黄土高原和西北大地上发现了与上述四重结构相对应的文化地理构造。为此，我感谢这块土地，以及大地上的人们。尽管贫瘠荒芜与艰辛苦难伴随着它，但它在我心中仍然是精神王座的基础。为了能贴近它的呼吸，在21世纪到来之际，我仍旧选择了乡居生活。在远离都市喧嚣的上苑艺术家村，我又找到了昔日在圆明园画家村以及二十年前在校园的那种感觉。正是在这与自然更为贴近的地方，我得以完整地回忆起在西北大地行走中体验的每个生动细节，并在深刻的感悟中获得创作的动力。

## 新世纪

当经济改善、物质繁荣的表象覆盖了广大的城市与乡村时，另一方面却是心灵普遍的苦闷与贫困。由于人类利己行为的泛滥，荒野自然如今已诗意不在。

沉睡于荒野大地深处的历史记忆，在高度市场化的社会中只被作为旅游商品来看待，现代人已然无法从中感悟出任何真正的意义与价值。

耽溺于物质追求热浪中的人们，再也听不到来自荒野的呼喊——无论它曾经对人类灵魂的觉醒产生过多么重大的作用。也许，将来的人们更多得到的是来自变得日益粗暴任性的荒野自然的报复。

因此，近两年来我的画作所关注的主要是城市与荒野、历史与文脉之间的关系。如果要为其寻找一个定位的话，可称之为

沉思与激扬

"深度绘画"。深度绘画立足于精神性而非感官性之上，它首先关注的不是建立在绝对个性基础上的所谓"独创性"，而是对人类普遍价值的认同与追问，对处于历史性的文明变动中人的当代处境的思考和关注。

图 2-1　丁方《耸立的赞歌》　2010 年　综合材料　300cm×200cm
上帝给予亚洲大地无与伦比的馈赠。自摩西登上西奈山顶与神立约、接受十诫开始，垂直向度就是神圣存在的永恒象征。古代东方世界的圣人贤哲都有"登高望远"的体验，这种"高山绝顶"的生命在场，奠定了人类精神史叙事的绝对物质基础

# 行走黄土高原之上

说也奇怪,一个人竟会被一种光深深地吸引。当光不期而至地来到画面上时,便成为我对整个世界的感受的象征与凝聚。当我描画它们的时候,也正是我少有的喜悦时刻,那么专注、激奋。有时通过高顶穹隆的雄伟建筑的窗户,在晨曦所透出的光芒中,我看到了漫遍原野、直插五月晴空的丛林树梢,顿时像听到了流动于苍宇深处的动人音乐与旋律。

一个月光姣好的星夜,在旅途中驻留的穷乡僻壤,我看到了一堵矮墙上柔和推移着的明暗。我凝神细想,似乎又听见了生命的脚步声。可以说,这堵矮墙并没有什么太突出的地方,但它确实又给了我许多的东西,引我遐想。

月色渐渐被薄云遮住而洒下一片苍茫的柔光,从山道上默默地走来一个割草归来的少年。淡幽的光把他和我笼罩在一个天地里,我们好像正在进行一次无声的对话,将他的过去与他的将来,将他的心灵与他的情感,在这顷刻间向我叙述。月亮渐渐升高,小村庄里的最后两个外出的孩子也回家了。四周在一片静谧中沉睡。这时只有月亮还在云层后面走动,河里的流水潺潺地奔流。

翌日,黎明的曙光披着金色的大衣,从高原顶上踏着朝霞而来,苏醒的山岗也发出铿锵声,从沉睡中渐渐显出它坚实的姿态。这是五月的造型世界,一个熠熠发光的世界。上面是高高的岗顶,下边是陡峭的山岩。古朴而凝重的流水冲刷着斑驳的两岸。当一道深沉的青光抹在黏稠的黄褐色液汁上时,我正行走于沿岸果实累累的枣林中。此刻，那远处的木船已挂起希望的帆，迎风摇曳的白帆正颤动于绿色的树帘中。迎着旭日下枣树叶片所发出的飒爽音响，我登上了高高的峁顶。环顾四周，遍野自生自长着矮树、花丛、蓟草。放眼望去，一条小路蜿蜒在茂密的棘丛中，一直伸向天边。当一轮旭日喷薄欲出时，呈现于我眼前的高原云天已如正午时刻之浮雕般清晰。

此时，一只苍鹰无息地掠过峁顶，翱翔向五月的碧空。它将我心中的一点秘密情思，带给了广阔无垠的苍穹。

# 大地的追忆

## 一

在旷远空阔的中条山腹地，土地的贫瘠与凉薄恰好与人们的亲切和憨厚形成鲜明对比。田野、农舍和树木的轮廓消逝在遥远的地平线尽头，那从中透射出的物质容量与精神容量是如此清晰，显出一种令人震撼的崇高景象。但悲哀的是，与人们的亲切憨厚相伴的则是愚昧与不开化。对生性敏感的人来说，能感受到一种深藏的悲哀。所以，农民的伟大必须保持一段距离来审视与观照。农民的伟大正在于他们是最直接地保持与土地密切接触的人群。正如一位著名的历史学家所说："再没有什么感情能比人和土地的感情更为牢固和强烈的了。"当你设想一个裸露着上身的壮汉站立在辽阔的原野上，粗大的关节握着锄头，被夕阳映照而泛出深沉古铜色的脸膛向远方眺望，应是怎样一番激动人心的情景！在他的身上和脸庞上留下的土地烙印，使我们从心灵深处直接唤起对大地的诸种复杂感情：震撼、热爱、眷念、赞美甚至悲伤。无疑，这些都是人类最基本且恒久的价值所在。我以为，富有人情味的象征主义，就是将人与大地上的景物予以单纯的并置，去除中间一切似是而非的文明痕迹，从而使这些元素具有表情的直接冲击力。正是从这浑然一体的壮丽景象中，一个衰老的生命步履蹒跚地登上了高远的岗顶，连绵的群山好似波浪一般起伏在他的周围。那些伴随他的物件：一领青黑色棉袄、一柄磨亮的锄头和一根旧枣木拐棍，便是他一生辛劳苦涩的见证。他在向远处眺望。

## 二

典型的西北女人的脸，具有一种唐代的特征：鹅蛋形的长椭圆脸上，除颧骨高以外，各处均呈圆浑状；细挑的淡眉，窄长的凤眼，弧形的长鼻梁，下面是一张不那么可爱的嘴，黑黄而残缺的牙齿仿佛是生存艰辛的见证。她们一般显得上身颀长而下肢偏短，尤其是劳动妇女，双腿略呈鼓形。这里的女人亲切而憨厚，与远处雄伟而崇高的风景一起给人某种在陶醉中略带酸楚的感觉。当女人年老时，命运就十分悲惨。一个暮色渐浓的黄昏，我行走在荒野中的一条小道上。忽见远处凝固着两个黑点，待我走近一看，原来是贪玩而无知的小孙子正领着他的瞎奶奶向前蹒跚挪动。看起来，老奶奶似乎已经走到了生命的尽头：她浑身的每一部分都在塌陷和收缩，关节变形的手指攥着一条肮脏的灰布，干瘪的嘴唇嚅动着，在不停地唠叨着她一生的磨难。老妇早已没有眼泪，只看见一对红肿的眼睑，一张黑洞似的嘴中发出无言的呜咽。她十六岁嫁给比她年长十八岁的河南籍丈夫，一直伺候到他八十三岁死去。当初含辛茹苦拉扯大的儿女，因她已丧失了劳动自理能力而将其抛弃，使她只好在无尽的悲怨中苦挨晚年。今天已是三天水米未沾，方才拉着给她送柴的孙儿去大儿子家讨一口饼吃。她那全力倚于拐棍上、竭力在凉风中维持平衡的瘦小身躯，在我的泪帘中逐渐模糊，并随着暮色晚风向虚空的天宇逝去。

## 三

在生存的现实中，残疾者如盲人、哑巴、跛子、驼背、侏儒等是最不幸的族群，他们的命运就如同被遗弃的劣质产品。面对贫穷，善良的人们唯一能宽慰内心的恐怕只有幽默了。哪怕是最为粗俗的玩笑，或对某人提问而故意摆出的狡黠表情，都可看作是对生存重负的某种解脱。但残疾者却被先天剥夺了这一权利，这就可以解释为何他们脸上总呈露出一种近似孩童般专注而纯真的表情。这种毫无防范的赤裸状态，使得他（她）对你有意无意表示出的细小关注都回以十分的感激涕零，甚至愿为你做任何事情。在日常生活中，他们往往被干农活的户主带到庄稼地里去做一些粗笨活计，但可怜的是，他们因缺乏理智的控制，其费力劳作的效果往往不佳，因而常被呵斥，甚至在吃晌午饭时遭到惩罚。我常看到一些残疾人因饿急了而在田里刨红薯、拔大葱充饥。面对这种景象，生存的荒谬与不公便像符咒一样套牢你的心，使你的灵魂永不得安宁。在大多数时候，我们每个人都自觉或不自觉地成为残疾者的情感剥削者，人们以自己可随时抛洒的虚假情感换取他们那珍珠般纯净的感激之情。

## 四

根植于宽广大地上的悲悯情怀，化为遮天蔽日的巨大云影，缓缓飘荡过海洋和原野，最终驻足于高空飞鸟尽的山巅之上，这一宏伟的过程，使古老帝国的文明子民和未开化的土著居民都感动得流下热泪。当画家满怀激情来到这里时，瞬间明白了一个真理：精神性深度绘画根植于民族迁徙的历时性艰难之中。那浸透了悲伤泪水的土壤曾绽开过绚丽的鲜花，在我眼中它乃是供奉千古英灵王座的象征。

曾几何时，兵器相撞的铿锵声激起我们万丈雄心，将军的尸骨未寒，但殓葬者们在咀嚼悲情的同时，正重新塑造内心快乐的源泉。终于，当生存惰性已磨平所有同行者的棱角之际，伟大的心魂已变得愈加坚强。

# 故梦与幻象

## 一、北京郊区

我行走在前往顺义的公路上,去寻找"甲一号影视科技创意园"。四车道公路在白昼阳光的暴晒下反射着炫目青光,散落着建筑垃圾的路边有两排高大的杨树,下面干涸的沟渠中积满浮尘。定睛看去,沟底青草正突破冬季的地衣层倔强而出,其所处的位置虽低,但它始终遥望着那高高矗立的城市轻轨干线,显出每年第一季不可阻遏的活力。

华北平原特有的春季风沙令人窒息,杨树叶被吹得乱响。我从残留的砖头瓦碴表面上被市政绿化覆盖的乱象中,看到了一股既现代又野蛮的力量。它可以在一夜之间摧毁原生态,然后不吭一声地建起一座钢筋、玻璃、水泥的现代城市。路上不见其他行人,只有一辆辆黝黑的机动车或急停或疾驰,好似美国西部荒凉的情景。左转弯之后见到一个街镇景观,加油站巨大的方形框架构筑占满了人的视野,强烈提示人们这里是汽油发动机的世界。店铺的大门均紧紧关闭着,路两侧密不透风地停泊着高档轿车,上面积满厚厚的尘土。这是中国乡村城市化过程中最怪异的现象,贫困与破旧的痕迹尚未消除干净,便急着用豪车与新房装点自己。

进入甲一号,白花花的水泥世界,大而无当的建筑,门檐上垂下一幅长条白布帘,上写"圣水活灵——复活节展"。此情此景与周边环境配合起来十分荒诞。内里的展品五花八门,绘画、雕塑、影像、装置，什么都有，异常混乱，但与当前中国艺术现状倒是相当贴切。许多表情滞涩的老外在里面晃来晃去，据说这里是他们经常聚会的地方。真不知他们对这个奇怪的展览，乃至于对北京及其郊区是一个什么样的看法。

任何现代城市的郊区都有令人陌生和不舒服的因素，但没有哪个城市像北京郊区这样，与任何熟悉的事物毫无联系，而只有对物质的贪婪与占有、对环境的漠然，以及为牟利而不择手段的言语。中国传统的委顿、变异与资本主义的冷酷、无情，这种魔方式的结合演化为高大的立交桥、宽阔的公路、蛮横的工厂乃至泛滥的垃圾，展示了城市对周边的吞噬力，以及维持巨大城市所要付出的代价。从人文到物质的各个方面，莫不如此。如若你刚从一个洋溢着人文历史情愫的小城市度假归来，感觉会更加强烈。

然而，正是在这个巨大城市的核心部位，在少数优秀人的心中却燃烧着对伟大文化的憧憬、对非凡艺术的激情——因为在这里方才知道什么是中国、什么是世界。

## 二、诗与歌

在当代文化语境中，"诗歌"二字已蜕变为一个随便说说而已的名词，而不再具有"诗歌"的本质含义，就更不用说细究"诗"与"歌"两者的结合与区分了。这是因为诗歌与人类完美共存的时代，距离我们已太过遥远。

"作诗之后再吟唱"的传统，源自《旧约圣经》的《诗篇》，最早可追溯至公元前1200年。同时，还有婆罗门教《吠陀经典》的颂诗吟唱、佛教的偈语体颂诗、古波斯经《阿维斯塔》中的颂歌、中国先秦的《诗经》、古希腊萨福的抒情诗与品达的颂歌，它们构成了轴心时代人类诗歌最早的经典范式，是人们表达心灵秘密的唯一的歌。

当我听到澳大利亚当代诗人歌手莱昂纳多·科恩的吟咏歌声，其声音似一道流星划过夜空，虽星光微弱却令人永生难忘。那道闪光的轨迹，如同公元初年掠过地中海世界的手抄《圣经》读本，在旧世界中刻下前所未有的生命印记。

袖珍播音器中荡漾出的优雅掌声，就像一行庄严的礼仪队列，躬身迎出莱昂纳多·科恩浑厚的男低音，他是一位来自旷野的先知，代表人类良知与生命本源。莱昂纳多·科恩以舒缓的本色叙事体展开吟诵，平静地回述自己生命中的珍爱，其悠扬的抒情曲调使我想起中世纪的游吟诗人。在那个激情澎湃的年代，既有《罗兰之歌》与《熙德之歌》一类壮怀激烈的骑士悲歌，也有《茵斯布鲁克，我不得不离开你》一类抒情哀婉的恋人之歌，它们如同一对晶莹的羽翼，成为那个充溢浪漫情爱时代的标志。莱昂纳多·科恩诗化歌曲无疑属于后一种，但两者的差异还是非常明显：中世纪恋歌的伴奏是鲁特琴或诗琴，与吟诵曲调组合后具有一种信仰背景下的清纯之美；而莱昂纳多·科恩的诗化歌曲的背景则较为复杂，主唱人声与伴奏拉开很大的距离，如一位历经沧桑的流浪诗人正在穿越斑驳陆离的现代都市丛林，他步履蹒跚、筋疲力尽，却因为心中富藏诗与歌而仍然神采奕奕！此时，从浩瀚的人生沙漠深处传来一阵轻淡如烟的女声伴唱，使观众与诗人一道感同身受：心中姑娘的可爱形影，已化为地平线尽端的彩虹，永恒昭示辛苦旅人。

## 三、柏林爱乐

2010年秋天的一个傍晚，我走入北展音乐厅观看柏林爱乐乐团的演出。这个著名乐团虽历经几代指挥大师离去的伤痛，仍然拥有超级豪华的阵容——绝对一流的音响装备、无与伦比的演奏经验以及令人艳羡的团队默契；但明眼人知道，其内在精神早已不在。

凄厉的序奏横空出世，如当头棒喝般给我们这样一幅画面：凝重的悲剧阴影中，一个踽踽而行的孤魂，就像乔治·卢奥凄惨的低色度世界。蓦然间，呼啸的声音将画面放到无比大，从中似乎看到奥匈帝国这一庞然大物崩溃前的裂痕，一切都在剧烈晃动、摇摇欲坠，世纪末情绪的汇总爆发，巨大的轰鸣促使心脏几乎跳出胸腔。这是德奥作曲家的最后一位大师安东尼·布鲁克纳的《第九交响曲》，概括了十九世纪末的人类悲情与绝望。

同时，我还体会到一股巨大的幻灭感在华丽的铜管乐浪涛中弥漫。突然间轰鸣的音流伴随着狂野的节奏贯通全场，像烙铁穿透每个音乐家的周身，在视网膜影像中变成一团激动不安正在跳跃的血肉，似乎要将屋顶掀翻。乐器之美瞬间消失，缪斯忽然变成蛇头女怪美杜莎，上下翻飞的弓弦似乎是无数利爪，撕扯、抓挠、纠结、搅动，心灵流血的表征。个人情感决堤，漫衍在无垠的荒野上。这是一种怎样的情景啊！贝多芬逝世仅过去七十年，欧洲的精神已滑落至炼狱，它与卡夫卡小说中的绝望情境相吻合，只是生命力的燃烧要比前者强烈百倍。那种对生命行将消逝的眷恋虽然感人，却已永远丧失了被照亮的可能，而是充满了世纪末的悲怆感。

这种悲怆感最早来自舒伯特，年轻而多舛的生命漂泊于冷漠现世；次之来自勃拉姆斯，在北德的阴霾天空下怀念以往大师的心魂，为德意志奉上一曲终极的"安魂弥撒"。伟大的德奥古典音乐时代结束了。从路德、哈斯勒的圣咏，舒茨的经文歌，布克斯泰伍德的康塔塔，巴赫的受难曲与康塔塔，贝多芬的庄严弥撒曲到马勒的《复活》与《千人合唱交响曲》，布鲁克纳的弥撒曲——既饱含了艺术家对遥远故乡的回忆，又蕴藏着他们对已失落的信仰国度的眷恋，正是这两条反差巨大的锁链，拉拽着少数敏感而痛苦的灵魂，驰往摇曳熏香、呢喃祷词的古老年代。

即使如此，我们仍然感到其中缺些什么，那就是演奏者内在情感的烈度、对苦难刻骨铭心的体验。人们只要回顾一下20世纪50年代古乐复兴运动时的录音，就会感觉到两者间的差异，深刻与浮华判然立现。

这就提出了一个巨大问题：伟大艺术的价值与时代的进步究竟是怎样的关系？恰如诗人评论家T.S.艾略特所言：伟大时代都是突然终结的，大师的谢世往往使得后代的收成一无所获。

我悻悻地走出演奏厅，心中五味杂陈。

## 四、画　室

天色骤黑、暴雨将至，画室中已难辨色彩倾向。《勃拉姆斯第二钢琴协奏曲》坚定的音型，从昏暗中喷薄而出，应和着从远处云端透射过来的一抹异光。它穿越了莱茵蓝色的浩瀚穹宇，使我与大师心魂相遇。

文艺复兴大师，营造出"以沉思生活为中心"的境界，狄俄尼索斯的雄辩论证、但丁的壮丽诗歌激励着无数画家用心灵攻取物质以转化灵性。天使的笑靥永驻玫瑰花环的边缘，朝向光辉的中心。

在那深陷于黑暗中的高原角落，秋风携带沉甸如黄金般耀眼的光辉，吹遍大洋彼岸的山脉与高原，即使坐在家里幽静的庭院中，也能还原出壮丽与柔美的交响协奏给予心灵的撞击。如今，大自然的伟力在苏莲托化为优雅的线条，轻轻锁住大海的爱人脖颈。

## 五、五花肥肉

20世纪60年代的三年困难期间，我才六七岁，刚上小学一年级。就是在这时，"五花肥肉"第一次刻入我的记忆。从那时起，它对我来说，代表着天下最香的东西，象征着旧社会土豪劣绅的生活、供桌前最好吃的祭品、过大年的标志、使所有人可以获得神奇力量的物质。

每当我注视着一块标准的五花肥肉——它以肥为主，细条的瘦肉被宽大的肥肉滋润得晶莹透明，最下面是酱红色的肉皮，构成一个完美的形状时，肚子里便充满了难以形容的涌动，馋涎则不必说了。

到了20世纪70年代，五花肥肉对正值青春发育期的我而言，就更加具有一种不可抗拒的吸引力。记得1972年到乡村"学农"期间，虽然每顿吞食几大碗米饭、撑得肚儿滚圆，但还是感觉整日饥肠辘辘，原因很简单，三个字："缺油水"！这种缺油水的感觉伴随我度过了整个中学时代。

在农村当知青的那段期间，因为整天干田间活计，所以身体"吐故纳新"十分旺盛。周末空闲下来时，最爱看杀猪。它相当于村里的节庆仪式，村民们喜笑颜开、互相追打，笑纹淹没了面孔五官，所有的人都被感染了。大家目不转睛，观看杀猪高手的操作过程，从开膛剖肚、滚水脱毛的臊臭转换到香喷喷的美肉，只需数小时。其过程之神奇，令人不可思议！它的魅力在于有着生理原始动力方面的支撑，甚至具有一种永恒感。

最后一个插曲必须提及，村里曾流传一个关于五花肥肉与"煞饥良方"的段子：为了狠煞一下肚里时常跑出来捣乱的不安分的饥饿感，炖肉时特意在半熟时将肉往凉水里一浸，然后接着再炖。这样，肉不仅半生不熟而且有一股油腻腥味，大部分人吃几块就被放倒，搞不好还要跑肚，但这种做法却在治疗饥饿感方面十分有效，屡试不爽。听说有经验的大家族主妇，常用这种方法来对付年轻人——尤其是那些不知天高地厚的小伙子如狼似虎的食欲。

这是关于肥肉的隔年记忆，如今抖搂出来以飨今天那些已"不知肉滋味"的读者，一笑了之。

## 六、砚的赏析

凡地球上的岩石分三大类：火成岩、变质岩和沉积岩。

安徽歙砚在中国砚的历史上具有极其重要的地位。歙砚来自歙石，地质年代为十亿年前的前震旦纪，摩氏硬度4.0，地质学类别为变质岩类的板岩——千枚岩。它以青色调为主，触觉特征为"坚硬老成"或"坚润"。歙砚石的主产地是江西婺源龙尾山，歙砚品类分为眉子、水波、金星、鱼子、玉带、罗纹、丝刷、犀角等。其中金星砚为上品，最高级者是水波金星砚，其化学构成是碳酸钙里渗透着黄铁矿（三氧化二铁和四氧化三铁）且有序排列。

端砚来自端石，属六亿年前的泥盆纪，摩氏硬度3.5，其地质学类别是绢云母泥质板岩，属沉积岩，以紫色为主调，触觉特征为晶莹透润，成分则为泥质物质，3%~5%赤铁矿和10%~20%石英。端

图 2-2　丁方《消融与崛起》　2007年　综合材料　120cm×180cm
东方地形学意义上的时间更替，表征为地质痕迹。它以凝聚、消解与重新崛起的视觉经验，向世人提示上帝当初塑造东方大地的奥秘，以及东方文艺复兴的前景

石品相花纹有青花、蕉叶白、鱼脑冻、火捺、天青、冰线、翡翠、金银线、金星点。端石主产地在广东肇庆端溪水。

洮河砚来自洮河砚石，产地甘肃卓尼县，即古洮州。洮河砚石属泥质岩，层状硅酸盐矿物（绿泥石），品类有黄标、鸭头绿、鹦鹉绿、玄璞、柳叶青。有民谣曰："洮砚贵如何，黄标带绿波。"

澄泥砚是典型的陶砚，取河床泥入窑烧成砚砖，再雕刻成砚。其成分以伊利石、石英、长石、方解石为主，以及20%~40%的非晶态的玻璃相。品类有鳝鱼黄、绿砂、蟹壳青、玫瑰紫和虾头红。石灰岩是海相—泻湖相的沉积岩，隐晶质结构致密块状构造，层状或厚层状，成分为方解石、白云石，以及黏土、石英、长石、海绿石、铁氧化物。

这些都是中华民族对石头认识的积累，它们在漫长的民族迁徙途中逐渐成形，而变为一种神奇的审美文化。

## 生存的幻象

　　世纪末的一个阴沉的黄昏，他受到某种莫名的暗示：必须近期去川西高原一趟，去寻找失落在记忆深处的东西，这东西不是个人的而是关于整个群族的心理秘密。他在全国最大的图书馆整整查阅了一天地图，最后在阿坝州南坪县（今九寨沟县）境内查到了他要去的地方——明朝时极有名气、现在已经已败落并且被人遗忘的古镇鄞恚。

　　他从成都启程，花了整整四天，自都江堰、松潘、川主寺、九寨沟，途径四百余公里，到达了南坪。途中，他尽赏了川西高原六月晴空下的风光，烈日当头，高原依次向尘世展现了神当初造物的实证——那一系列秀美险峻、云带缠腰的山脉，山体上所显出的斧劈刀斫般的斜向褶痕，与其整体造型那柔软而坚韧的母性特点形成了强烈反差。沿湍流而上的高原纵深部，沟谷峰峦相互缠绕，层峦叠嶂而几无开阔的视野，唯有雪宝鼎的山谷区域尚有巍峨的气势；但相比横亘于青藏高原之上的昆仑山脉，它显得袖珍玲珑并带有阴气。

　　鄞恚古镇地处南坪县西北角的深山里，当他从县城辗转逶迤百余公里而抵达古镇时，已是午后时分。他站在街角的牌坊下举目四面望去，到处是因年久失修而造型歪斜、陈旧褪色的木结构建筑；但仔细一看，从积满的烟尘油垢中仍可辨认出布满梁柱表面的浮雕，它显示出该镇昔日确曾有过一番惊人的荣耀繁华。

　　他沿着空无一人的主街道缓缓前行。

宽阔的青石板街道蜿蜒曲折，凹凸不平，野蒿草从人迹罕至的角落里长出来，给苍凉的街道增添了些许绿色的意韵。大约五米开外，石砌墙壁上一泉清流沿着幽黑青绿的漏痕潺潺跌落，给这荒废失修的古镇带来一丝活跃。当他蓦然见到这一情景时，胸口猛然一颤，似乎被看不见的历史利刃所刺痛。在紧蹙双眉挨过了那阵疼痛后，他的呼吸又回归正常，重新上路。

绕过几处街角，他发现古镇上绝大多数的沿街门户均紧闭着。一只狸花野猫从一户虚掩的门中蓦地窜出，引得心脏一阵突跳，于是他止住脚步，透过黑黝黝的门扇向里望去。经过短暂的暗适应，他逐渐看清了屋内积满灰尘的地板和杂乱无章的陈设，它们纵横交错的形状反射着细窄的青光，一幅凄怆情调。他不禁喃喃自语："可悲！生存正迫使人们离开故土去异乡寻求生路。"

就在这时，他忽然发现远处有一簇悦目的淡粉绿色在跳动，定睛一看，原来是一位身穿粉绿间白色杂花衬衫的年轻女孩倚门伫立在不远处。显然，那件洗得几乎发白、领口开得很低的窄小绿衫已无法遮住她那散发着青春气息的丰满身体。她向他投来大胆的目光，忽闪的黑眸中虽有羞涩和胆怯，但毫不掩饰对外部世界的好奇与渴望。她的双眼紧紧盯着陌生人的一举一动，使他在注视下竟显得有些手足无措。他垂下眼帘叹道，多么奇妙的悲剧！青春被禁锢在一个曾经发达荣耀过但现已破败不堪的古镇上，令人感到生命的悲哀。他赶紧转过头去，紧闭双眼，头也不回地向来路折返而去。

此时的季节虽然方才是六月，但这里却宛如深秋，漫无边际的次生林长满了没膝的枯草败叶，路径无从辨认。他只得心甘情愿地迷失了。

不知过了多久，他在某种清晰的恍惚中，看见一头好似精灵般的小鹿埋首踽踽行于荒野中的窄径上。它满身细巧优美的毛发随风摇曳翕动，如同一个频频折腰逗趣的顽皮孩子。他强烈地感到它是在凭着生存的本能无所畏惧地行走在生存的艰难路途上，纤细的双腿高频率地蹬踏着大地，如小鸟啄食般的奔忙姿态混合着任性的野气和嫉妒的毒唾，衔枝维护着某个岌岌可危的巢。但他清楚地知道，这种勤恳的维护方式反而会加快巢窝的坍塌速度，因为内在的心灵危机已使爱情之树显出凋谢枯萎之态。想到这里，他甚至痛苦得丧失了意识。

在这个万物疲惫的黄昏行将完结的时刻，更奇怪的事发生了：那头体态娇小的牝鹿竟出人意料地径直向这位意识丧失者快速跑来，依偎到他的身旁，用小脑袋反复摩擦着他的肩头，轻喘着鼻息，将它特有的体味喷在他的脸颊上，而他却全然不觉。慢慢地，它的身心也逐渐融入他的梦乡之中。梦里的皓月格外明亮，使一切景象森然在目。两个相互偎依的躯体在呼吸不畅时试图翻转，但却无法动弹分毫。他冥冥中的意识冷静地察觉了这一切。他的意识告诉他：自己就像一只巨鸟，那对曾在昔日被猎捕时受重伤的翅膀虽已恢复得丰盈如初，但其下部却沉浸于浓稠的沼泽之中，甚至已与茂盛的藤蔓根茎粘为一体。他的意识深处忽然闪过一句名言——"女人一生是为了爱情而活着"。他不禁长叹一声。这昏黑、温暖而令人悲哀的情愫如同甜蜜的深渊，令多少生灵痴醉难返。但作为上帝造设的生命棋局，这是任何力量无法抗拒的；因为他已看到，在这幅生命画面的上方是"苍穹怜悯的雨滴"，一双泪眼正注视着这肮脏又令人眷念的尘世！想到这里，他便沉沉睡去。

很久之后，他似乎于黑暗中恢复了知觉。这知觉脱离了他的躯体，在半空中飘荡。他很快在密林深处看到另一幅令人难以置信的情景：一个猎人与一头小兽正紧张地对峙着！小兽的形态酷似小鹿，但又比鹿矮小许多；待它转过头来，原来是一头小雌狐。它明眸圆脸、神情哀婉，不停地晃着脑袋，灵敏地盘绕在猎人的左右。猎人呆若木鸡地戳在那里，竟使它能得空偷闲舔理和洁净着自己的皮毛。他渐渐地洞穿了小雌狐的想法。它的思维实际混乱一团，或者说几乎没有思维；它只是按本能行事——不停地嗅着周围的空气，机警地避开各种天设人造的陷阱；另一方面，它唯一的思维则是大胆地构筑一个关于人狐合居的疯狂梦想，这一梦想与它那娇小的身躯是那样不相称，使人油然生发一种惊异、轻蔑而又带点怜惜的心情。

伴随着远处晚祷的钟声，小野狐的形态逐渐融入暮色之中，但它那双闪烁着泪光的眼睛和哀婉的神情，犹如在暮色昏暗中刻下的一个符号。他在阖上双眼的最后一刹那，用尽全力记住了这个符号。

图 2-3　丁方《叠峦峰嶂》　2007—2008 年　综合材料　120cm×180cm
在地球上十四座海拔逾 8000 米的高峰中，它们的造型给人以绝对深刻的印象，如同信仰坚定的使徒，卓然挺立于暴风雨中，永恒屹立

# 给一个亡灵的悼歌

你的来信使我读到了一篇很好的书信体散文——一篇关于一个早夭儿的语言学悼文。结尾的那段引文十分感人,使全文在神秘主义的边缘上打住,令人浮想联翩。我早就发现你对生命、死亡、身体性、感觉性、语言、声音表达之有限与断裂性等神秘主义问题,有着一种原始的、与生俱来的敏感力;你流露在信笺上的喃喃自语和无法自制的眼泪便证明了这一点。毋庸置疑,你对许多问题经由女性特有的直觉所抵达的深度,是常人所无法企及的,只有那有高度修养的细心读者才能跟上那略呈跳跃性的思维脉络。

在此,我想以我的表述方式来对某些方面进行补充。我以为,你的气质是比较强调"自我当下感觉的不可代替性"以及随之而来的"语言表达之独一无二性"的,而这种独一无二性亦是你内在经验的神秘主义性质的主要基础。我想指出的是:作为属灵范畴的神秘主义恰好是纯粹语言学研究的最大外限,也就是说,当语言遇到纯属灵范畴时就无能为力、"扭头而去"了,因为它无法支撑起一个活血活肉的形象,或者说无法支托起一个含义丰富的精神织体。如果世上还有超越语言的感觉与思维的话,那就是流入灵魂深处的、与血液脉动互通的精神性音声与画面。比如,"悲歌"是人类表达痛苦与哀悼情感的一种古老的音声形态,它由独特的音色、言简意赅的词句、恰到好处的管弦乐伴奏等诸种因素构成。这一音声织体传递给我们某种超越语言的感觉和思维。当然,音乐可以说也是一种艺术语言,但由于散文是以语言学而非谱记标识来表述的,所以这两种语言仍有着本质上的区别。换句话说，如若没有你的散文中所描写的主人公灵子那怯生生的、柔弱的甚或是令人撕心裂肺的呼喊，以及动作、眼神、身体语言等构成的整体，那么"磕着了"这三个字就真的在语言中淡化了。假若我在场聆听灵子的呼喊，那么我肯定会全身心地接受她呼喊的音色、气息以及与之相伴的身体语言、幅度、神态。我理解这就是精神织体——艺术表现力的奥秘所在。

我认为突破语言同一性——观念，只有依靠那被升华了和被艺术化了的精神织体，以及由它串联起来的充满情感的形象。痛苦，是一个形象，但这个形象只有进入艺术化的精神织体形式中才能获得永恒，否则只是一段可泣的生活经历。个体的痛苦，尤其是个体最清白无辜的早夭，那种无处诉告的悲惨——甚至连父母的日夜呵护也不能分担它一星半点苦楚，难道就没有另一个灵魂天平去称量它的苦楚吗？难道就没有一个更为神圣的悲悯胸怀去拥围这天使般的灵魂吗？如果我们相信有并为之祈祷，那些眼泪方才会在另一个国度为灵子的不幸偿清全部苦难份量。这一灵魂天平与悲悯情怀的形象显现，便是视听艺术。

帕勒斯特里纳的《哀歌》，帕塞尔的《悲歌》，莫扎特、勃拉姆斯的《安魂曲》，都是这种既具有独特性和个体性又具有普遍性与永恒性的哭诉之典范。在古斯塔夫·马勒为哀悼其早夭的爱子所作的声乐套曲《亡儿悼歌》中，清澈无比的女高音飘行于由长线条旋律音响伴奏的乐队轰鸣上方。诗人吕克尔特所写的著名的套曲歌词，更为这首套曲笼罩了一层凄婉的色彩："当太阳又在东方升起的时候／我知道了火焰为什么这样暗淡／当亲爱的母亲走进门来／我总以为他们出远门了／在风雨之日我不该送孩子出门。"怎能不使听者潸然泪下！我当时就在思考这个问题：为何我听不懂女高音路德维希所演唱的词句，但那音流所裹挟的悲剧性，却不可抵挡地直入我的心底，甚至唤起我在失去姐姐的那些黯然神伤时日中的痛心抽搐的感觉（同时也远远超逾我过去所有痛苦记忆中的语言、音声、画面）。

只是因为它是以一种精神织体的形态向我涌来的！它贯穿我的全身，从大脑、胸膛到手指、脚跟！那种触电般的感觉是与整体形式共生的。

  在聆听完这首使我埋首垂泪的声乐套曲后，我进一步领悟到，人类终极苦难品的原型表述——伟大的受难曲的奥秘。如果没有个体苦难经验的映照，神圣苦难就无法进入人心。《马太受难曲》所蕴含的那如此广袤的神圣奥秘、所包容的痛苦经验，使人类所有的个体性苦难都在其中受到了神圣的依托和守护。锡安姑娘们的悲歌、橄榄山上的愁云惨雾、客西马尼园的圣咏，是为包括灵子在内的所有人类的苦难与死亡而唱、而生！因为有基督的"无辜受死"在此，所有人世的苦难就都获得了抵偿。

# 神奇的心像

## 一

　　一剑亮云斜刺碧空，将一种旷达邈远、清扬畅快的气息撒向大地。在我诗意的梦幻想象中，它是亚历山大大帝当年翻越兴都库什山脉的开伯尔山口时所见到的云天，也是我在一个月后踏上帕米尔高原时必将看到的云天。"诗言志，形喻神"是指一般意义上的诗人心路，但它不能涵盖真正意义上的"豪情"。因为"豪情"是生存极限的地形学的产物，由绝对的海拔高度所决定，就像世上最美的造物，珍贵而稀少。豪情的外化表现是"激情"，它能融化所有原先格格不入的事物，而把创造的"奇迹"书写在粗陋的生命框架中。那些沉默的伟大雕像是我们通向古代创造奥秘的心灵通衢，但在现时代，又有几人能读出其中的玄机呢？我们从单调枯燥的日常生活逃脱到荒野中，或仰首苍穹或俯身下瞰，缅怀古代英雄征战的足迹、信仰者舍生忘死的传道事迹，举目遥望宏观世界——亘古不变的山河大地，细细体察日日流动的微观世界——那各种生命延续的奇异景象，由此而怀着感恩的心去认识造物主之伟大。这种返回历史与自然的心路历程，便是幸福的源泉。

## 二

自古以来最伟大的艺术，无一例外都是激情的产物。唯有它，才能把最格格不入的东西和最意想不到的因素融合在一起，完成奇迹般的转化。蕴藏在内心深处的激情的喷发，就像维苏威火山之于庞贝，当年庞贝为它毁灭——某种意义上也是创造——经由"死而复活"的凝固，方才有古庞贝艺术惊现于世的面貌。"激情"在价值领域里的对应词是"理想主义"，它对今天的人来说已十分陌生，至少被认为是"无用"的代名词。但在人类精神文化最富有创造力的时代，激情却是维系人与神之间契约的永不枯竭的活水源泉。在米开朗琪罗的雕刻艺术中，我们能看到基督教信仰是如何将新柏拉图主义的理念与理想主义整合在荣耀之光环里，那充满激情的想象又是如何将无生机的材料创化为动人的形象或美丽的肢体。艺术创造的奇迹，总是与激情相拥为伴。帕米尔之旅已给我无限浪漫的启示，它充分证明，伟大的风景对人从来就是不公平的，唯有具有同样伟大灵魂的人才有资格拥有它的财富！

## 三

湍急的液体从大地的伤口深处汩汩流出，裸露的筋骨与血脉已被风吸干，时间的油脂已被抽空。当内在意志在一千年前死灭时，帝国的躯壳轰然倒下，在血液中留下了致命的病灶。它化作遗恨千年的痛，一直延续到1840年的虎门炮台前的海滩。这其中费解的秘密，伴随着深重的耻辱，如同裹尸布一样，紧缠在高原的躯体上。我要问，令神明缄口的阻碍究竟是什么？古老的智慧何时从这大地上逝去？如果不是在等待最伟大的灵魂横空出世，它的意义又何在？

## 四

圣保罗在三次摔跤后充满敬畏地说:"可见的都是短暂的,而不可见的都是永恒的。"我们如今看拜占庭圣像,均是不可见的形象,他们来自圣保罗说这句话时曾蓦然见到又转瞬即逝的境界。耶稣的容颜、玛利亚的相貌、圣徒的表情、追随者的虔敬,以及基督国度的荣耀——这是一个不可思议的奇迹,现实的物质材料竟然可以表达不可见的精神!闪亮的马赛克、深邃的祖母绿、湛蓝的青金石、柔软的黄金、璀璨的白银、纯净的水晶、光滑的象牙和洁白的大理石——这些物质经由心灵的冥想和光辉的照耀,变为人类世代渴求而又无缘见到的形象。他们是如此虚无缥缈而又富有血肉,集中了所有存在的秘密与获救的祈望。那庄严的面相与高贵的仪态沉浮于人类想象力的边界,仿佛是天国语言的叙述。

这时,灵魂已迫近但丁的苦恼,那充满幸福痛楚的苦恼,曾使晚年米开朗琪罗甘愿沉沦其中的苦恼。艺术的美丽羽翼在这时方才张开,在贝德丽采的引导下向着光辉的中心飞升而去。

## 五

从昆仑山脉、喀喇昆仑山脉、天山山脉和阿尔泰山脉的雄伟身姿中,可想象出帕米尔高原那"高入云端"的样貌,它作为亚洲大陆文化地理的精神地标,有力地揭示了"原在的地形学"的内在含义。在它面前,地中海文明的纯静相对平淡,欧洲文明以阿尔卑斯山为标识的地理文化显得谦卑。

回溯到公元前4世纪,从小亚细亚到伊朗高原、从兴都库什山脉到苏莱曼山脉、从印度河流域到费尔干纳盆地,以及那散落玉盘的中亚古城明珠,亚历山大和他的专家学者们目不暇接、日夜激动,因为他们体验到了真正的垂直向度人生经验，从人的存在基本性质上评价出它的重要性。即使是公元前326年在希达斯皮斯河边激烈的演讲与骚动，也没有动摇这位希腊统帅心中激荡的诗意，奋张的希望之翅帮助他独自勾勒出伟大精神性风景的轮廓。

## 六

在圣彼得堡中心街区那些阴沉的大房子里，俄罗斯灵魂的漫游者蛰伏其中。他们苍白的脸庞上泛着惊喜的红晕，在缭绕于立柱间的淡蓝色烟雾深处，随着悠然线条的畅游，品味"果壳中的宇宙"之甜蜜、自我王国梦想之快乐。梦境的帷幕顿开，武士的金戈铁甲与利剑、公主曼妙的身体和异香、从天而降的暗道奇兵、殊死格斗间隙的激情偷吻——当鲜血滴溅在尼布甲尼撒王宫内庭的贝壳形水池中时，冤魂终于在黎明的那刻变容为怒放的啼血杜鹃，刻骨铭心。

时光之轮轧过两千年的锈蚀，迎来惊世转换。东方豪华后宫的凶险暴戾，终于化为西伯利亚荒原上的荆棘沼泽；当彼得大帝的"石头税法"勾勒出圣彼得堡的宏伟轮廓时，那宁静平缓的涅瓦河水啊，举托着普希金轻盈的诗魂，漂向遥远极地的白夜；少女娜斯简卡的青春之梦，从困顿的小木屋里逸出，在"塞维利亚理发师"灵光跳动的节拍中，如深秋霜打下的花朵般迅速凋谢，跌落街道的泥泞之中。正在此时，陀思妥耶夫斯基弯腰将它拾起，借着冷雨铁栏反射的微光，用温怀呵护凋零，将其皱褶抚平，在"一切为一切负责"的纯洁爱心中，以泪水默默书写凄美的祷文。

## 七

那是一条秘密的河，是渴求永生者们竞渡彼岸的河，是将生命奥秘紧锁心底的河。当不死的意志被净界山顶初露的曙曦照耀的瞬间，"不死者之城"便在涉河者心中诞生了。它那严谨的形体序列，来自毕达哥拉斯、斐波纳齐"黄金分割"的伟大理念。它那瑰丽的色彩构成，来自夏特尔大教堂、兰斯大教堂、里昂大教堂和斯特拉斯堡大教堂玫瑰花窗的启示。然而可悲的是，它现在已变成为失色的记忆，从莱比锡托马斯教堂的《圣诞节》《复活节》清唱剧到拜罗伊特《指环》的"神界的黄昏"，从歌德、席勒的伟大诗篇到尼采、叔本华的末世狂想，仅仅百余年竟见证了人类精神堕落的全过程；而荷尔德林的悲叹式追溯、海德格尔的沉思型辩驳，亦无法改变整体下滑的趋势。"重访神圣"能成为可能吗？人类究竟何时才能重返精神伟大的峰顶？这是时代真正诗人心中的悲哀，也是行动者奋斗于此世的理由所在。

## 八

世纪末的一天，我迎着劲烈的秋风伫立于甘青黄土高原的积石峡。深沉的夜，银色的月，朗射出万丈冷辉。当人们在城市中醉生梦死的时候，当罪恶的欲望之眼诡谲地眨动的时候，那诗一般的毫光挟带着无言的泪痕，向大地倾泻而来，犹如抚慰亡灵的天使的温柔之手。得到爱的祝福的亡灵被引向天国、弃绝信仰的世俗罪魂则被推入地狱，在"约伯的天平"的两端，秦淮脂粉的亡国遗恨与法利亚长老的绝世预言，裂变为冰山与熔岩的酷烈之流，纵横在行往净界的泥泞之路上。明孝陵方城，最后的关隘。那盘桓于古旧城体上阴郁的藤蔓、卑微的苔藓和愁苦的蒿草，将一种"大爱"遗失后的痛，烙在遗忘之川的深处。苦熬长夜的灵魂期盼着神圣泪眼重显、柔弱的心渴望着神救助之手的搀扶。时光之剑遥指大漠以北的寒冷国度，由"圣城之都"君士坦丁堡光华山显现的正教圣母情怀，经由童贞女皇普尔喀丽娅确定的"神圣位格"，最终成为"第三罗马帝国"女性形象的价值基础。俄罗斯作家对纯洁女性赞美的天才能力，将她们凝练为诗意的缥缈物质，亘古不朽而又如此柔弱的美，永恒青春的同情心，在幽暗中如丝如缕、绵绵不绝。他目睹了这一切——从灵魂的深渊到精神的高峰，从生命的战栗到死亡的虚无。于是，被涤净的双眼看到了三江源那无比纯净的冰川雪峰，神圣的终极启示如汩汩细流，将干涸的心田灌注。

## 九

　　天使长大教堂里的四名圣咏歌手深衣长袍、亭亭玉立、面若明月、深瞳如渊。他们手捧系扎金丝的手抄圣歌集，伫立于烛光如炬的祭坛前，影影绰绰的耶稣像如一面虚幻的背屏，从内向外放射着红宝石的幽光，将歌手通体照亮。

　　这是圣母升天大教堂内一个普通礼拜圣咏仪式的情景，漫射的天光透过高远的明窗洒下冷碧薄纱。倚墙排列着深色的榉木展柜，里面陈列着一系列圣事器皿。它们多为纯银材质，以无比精密的工艺雕镂而成。它们是传道真言的物质见证，凝聚了圣事艺术的无限耐心以及信仰心魂的想象力。幽幽灯光下，一幅幅遍布象牙白色细密裂纹的圣像画，呢喃着低沉隐秘的灵魂絮语，仿佛纤纤素手正在抚慰一颗在甜蜜梦中永远睡去的灵魂。我不由得想起米开朗琪罗垂暮之际在诗集卷五上的题辞："吾等生命痛苦之末日，就是天国和平之首日。"

## 十

伟大的帕勒斯特里纳仅凭一首《教皇马切洛斯弥撒》，平息了托伦会议的怒气，为复调音乐逐步向高峰攀登开辟了通衢，更重要的是，它为文艺复兴美学大厦砌上了一块最坚固的基石。那是一个群星璀璨的时代。帕勒斯特里纳圣乐的声音就像一片祥云飘过天空，彪炳于圣彼得大教堂高耸的尖顶，折射着天国的光辉。由塔利斯学者合唱团演唱的帕氏弥撒圣乐，其格调高贵、音声瑰丽，为后世制定了"正典"的标准。《进台经》的和声一开始，那如同和田美玉般晶莹剔透的质地，似干渴时啜饮的美妙甘露一般；当《荣耀经》结尾进入赞颂曲调时，音声却控制得如此得体，热烈而不失法度，东方古代圣哲所崇尚的"乐而不淫、哀而不伤"，在此有了最为形象的体现。它建立在人性舍身趋向高贵、神圣甘愿俯身下降的根基上面。一位思想家曾说"文艺复兴是人与上帝订立神圣誓约的蜜月"，这评价指向一个根本的事实：文艺复兴是人类精神史"艺术拯救信仰"的典型事件。在漫长的中世纪，以哥特人、维京人、汪达尔人、法兰克人、日耳曼人、凯尔特人、盎格鲁—撒克逊人等为代表的北方蛮族，在皈依罗马教廷的过程中创造了带有自身血质特征的信仰空间形式，哥特式教堂便是代表。它以宏大的体量、崇高的空间和精美的装饰，将欧洲各民族的精神力量充分调动起来，朝向上帝的王国。但它的力量有时过于猛烈，对人性造成了超量的压抑，格里高利圣咏所代表的单调音乐就是见证。于是，一个承载着新平衡之力的融合天使出场，蓄势待发。

帕勒斯特里纳凭借自己的音乐作品成为第一候选者，就像二百七十年后约翰·塞巴斯蒂安·巴赫在《b小调弥撒》中所做的卓越努力一样。凡历史上伟大的融合者，终得神的眷顾。从中世纪通向文艺复兴的那扇大门，首先由尼德兰的音乐大师们叩开。纪尧姆·迪费、奥克冈的伟大音乐第一次以多声部改变了格里高利素歌控制的空间，罗朗德·拉苏斯作为帕勒斯特里纳的前任（拉韦纳教堂乐正）将圣乐的想象力推到了前所未有的高度，而音乐王子诺斯坎·德·普雷的杰作为尼德兰音乐在意大利的王冠上缀上了第一枚钻石。

我在某一个清晨获得了跨越时空的能力。那是距离新世纪到来前四年的一个温馨的夜晚，我来到罗马梵蒂冈圣彼得大教堂主堂的穹顶下，烛光辉煌，映照着金灿灿的壁面。随着一阵温文尔雅的掌声，久负盛名的塔利斯学者合唱团的成员，身着黑色晚礼服款款登场。当他们吟咏出第一个和声时，立即重现了四百年前曾在这个非凡空间中演绎过的圣事艺术，为永恒的形象定格。罗马乐派具有的无与伦比之高雅位格，在帕勒斯特里纳的代表作中得到最充分的呈现。那焕发着深邃光辉的和声勾勒出圣像的轮廓，甘美平和、永驻世间。

## 十一

苏巴朗、里贝拉的那种严格到接近残酷的造型，其中渗透了西班牙宗教精神的特征，而埃尔·格列柯拉长形体的修长造型，则将神秘主义的梦幻发挥到极致。他们代表了一种伟大而纯粹的中世纪精神，自阿方索五世的大军击败摩尔王朝锐气已失的阿拉伯军队之后，恢复基督教的荣耀就成了重返"兔子奔跑的大地"的基督徒们的使命。这种心气以不可思议的力量在人们身体里生长，不久它们就超过了宗主国法兰西，而成为锐意进取的力量源泉。

当马丁·路德在莱茵河畔的城堡中举起反叛大旗挑战罗马的权威时，西班牙出人意料地成为拯救的力量。伊格纳修斯"耶稣会"的严格纪律、苦修戒律和虔诚精神，使处于颓势的教会重获生机。更为重要的是，来自比利牛斯山脉西端的精神力量，一举成为欧洲文艺复兴的能量来源。莫拉莱斯、维多利亚的圣乐,为"比德穆斯"综合风格的教堂注入了光辉,它毫不吝惜地修饰出锐利的尖顶和瘦削的形体,使向上的动姿更加触目、动人心魄。

## 十二

"果壳中的宇宙",充满深邃诗意的语言。哈姆莱特王子以舞台戏中戏的吟诵,试图揭示物质与灵魂之间最大的奥秘。这如同警世恒言般的六个字跨越五百年时空,烙印在贯通古今的艺术心灵上。在貌不惊人的肉体中,蕴藏着一颗充满诗意梦想的心,那里萌生自由羽翅的鸿毛;而"爱的甘醇"之咏叹调,飘荡在淡蓝色的苍穹尽端。这是一个纯净的世界,有如浮士德初次飘浮飞行时泪眼所见的景象:云层底下是苍翠环抱的岛屿,如松绿石般镶嵌在深蓝海面的天鹅绒毯中。这是阿喀琉斯与海伦的古典世界,静穆、高贵的艺术在这青春的摇篮中诞生。当我们从贫瘠的亚洲大陆遥望过去,便会在心灵深处建立一个坐标,在对历史、命运和永恒有了切近的形象体认的同时,洞悉上帝赋予人类肉身之美的奥秘。

## 十三

在荷马故乡的参天大树下,春风簌簌,绿叶摇曳,我沉入悠远的梦境。万里无云的湛蓝晴空,天际远端的群山,于迷离的雾霭中显出硬朗的线条,上面缀满夕阳的金链,并映照在如同亚历山大英武的脸庞上。这绽放着异样的耀眼诗意,就像西班牙诗人洛尔迦在风景如诗的加泰罗尼亚写下的珠母般的语句:

> 那吉卜赛姑娘
> 在水池上摇曳
> 绿的肌肤
> 绿的头发
> 还有银子般
> 清亮的眼睛

地中海蔚蓝的波涛辉耀在巴塞罗那海岸的云团上,幻化出最为浪漫的想象羽翼——优美的发浪,诗人的故乡。

图2-3 丁方《对岸,浓云飞渡》 2008年 综合材料 120cm×180cm
葱岭古道上的白沙山是一场视觉盛宴,亘古时代造山运动的火山岩的硬朗造型,与堆积层的柔美曲线形成强烈对比,而铺天盖地而来的乌云,仿佛一出庄严正剧的帷幕,于电光石火之间悄然拉开

## 感恩的灵魂

一个电光倏忽闪逝的清晨,那神圣的意志从苍穹尽端对灵魂问题做出了终极的判决。震撼所有卑微的现世存在的雄伟高原、拯救所有不死的灵魂的辉煌彼岸,其被造就的内在原因究竟是什么?

他始终盼望着这样的时刻到来:在翌日黎明雾霭的依稀中,被永恒秩序净化过的坚实大地,在忧郁的灰白色调中显现;它的表面曾多次被上帝的愤怒意志粉碎过,如今只残留着人类激情泯灭的痕迹。正是在这个地方,那最神秘的帷幕即将拉开!而此时,既是他集中全副精神力思考的时刻,也是他最为疲乏困顿的时刻。

经过了无数殚精竭虑的漫漫长夜,他透过乌云的缝隙,终于眺望到这样一个辉煌的景象:阳光下,命运海岸的礁石金光夺目,"明天"在维吉尔的手中闪耀,伴随着那个高渺的昭示之音——"去,献身于一个你必定属于它的辉煌未来之城";先知们飘然而至,开始诵读神圣的启示性事迹。祭坛上时间的火焰在熊熊燃烧,映亮了聆听于旁的灵魂的身形。

幽暗狭小的画室内,长明灯的灯芯尚未耗尽,他心中的泉水却已干涸。一股无尽的忧愁思绪,将他带回西北旷野。他在那条河边曾清楚地看到,一棵柔弱的相思树被误栽在人迹罕至的岗顶上,满枝熟透的果实无人摘采,竟如泪珠般滴滚在岩石上,直至跌落摔碎于深渊底处。

在渊底的水洼中,平庸正在吞没生命的呼吸,浑浊则已将创造的灵感窒息。这可悲的一切,令人不知如何是好。直至此时此刻,他紧握画笔发出穿透肺腑的呼告："永恒的困惑啊！伟大的思想竟无法沿着我手旁的材料化为形体。不知究竟何种精神的甘露才能滋润我焦渴的灵魂？好似在那巍峨的金字塔前踯躅徘徊，死一般的断裂横在我与熠熠闪耀的晶顶之间。在这即将重生的时刻，我多么渴求重新听到一个伟大的宗教故事，哪怕带点荒唐；因为这是从余温未尽的历史深谷中冉冉升起的，必定赋有吞噬的喜悦。"

目睹渐渐远去的身影，重新仰望伟大的心魂的同时，被深刻的愧疚之情挤破着从心底升起。那腾燃于极远天边的希望之焰，在彼岸若隐若现。他此时虽仿佛被柔软的水草死死缠住肢体而无法动弹分毫，但他仍在驰骋思维：这一切都将过去，精神的光辉终将彻底照亮甚至一举穿透万古的沉迷，犹如那为壮丽的葬仪而点燃的火炬！

灵魂渴望重新进入那强烈亢奋而剧烈冲突的境界：浓重的色彩应像熔岩般流淌在坚实、硬朗、质朴的本质性物体上，意志沐浴在血的晚霞中，嵌入并摒弃沉思的机会，摆脱沉迷并彻底地掌握命运。倘若能被称得上一次远离教堂的意志之行动的话，这所有的一切只为少数的心魂献上一个盛满面包和酒的银盏。

不知挨过了多少个阴沉的世纪，他渐渐地从遥远的梦中苏醒。正是在这时，他方才真正体会到集中精神地全力迫近是多么困难。因为他昨夜看见永恒情人的一刹那竟眩惑了，明明衣冠的窸窣声回响在咫尺可触的大理石柱旁，但待他凝神望去时，却只剩下了空荡的冰冷石阶。他不解地向四周投去迷惑的目光，山谷中漫衍着浅薄庸俗的苍翠和令人窒息的花香，万物丰腴的臃肿将蓝天几乎遮蔽。当他回想起不久前在高原上仔细揣摩圣城严峻线条的激动时刻，距他现在的处境仅不到一个月时，他开始痛悔。那么多次皈依的机会，竟被他如此轻易地错过，为此他不得不滞留在这苍翠欲滴的荒漠之中。

终有一天，他拼足最后的一点力气，从那几近枯萎的内心发出祈求利剑与玫瑰合二为一的祷告。忽然奇迹发生了：那些尚未在人世间显露的形体，在大河上下跃动着无数竞渡的残躯中逐渐升腾为一幅灵魂复活的史诗画面。

他的想象力在神的佑助下，物化为一个超尺度的艺术殿堂。那些布满墙壁的巨大画面所构造出的一系列深不可测的精神性空间，令画面充满了一种异乎寻常的爆发力。它蛰伏于令人炫目的错综结构的深处，并使那些具有视觉毁灭性冲击力量的痛苦团块遍地崛起。在他的想象中，那辽阔的、犹如被飓风吹过的裸露荒原，将在浑莽中还原为一个个遍体鳞伤的面具和躯体，烈风吹过的燃焰化为永恒的历史之火，映耀着苍绿色的大地，并使那些仰卧于大地上的生命体显得无比动人。

许多时光之后，他处于行进到艺术高原无人区的决定性时刻。此刻的他，已没有程式性的连贯思维，而只有下意识的心灵选择与激情勃发。他深深地知道，神不是要求人去创造一种新概念或新形式，而是期望不断提高用旧语言表达新内容的能力，因为心灵的选择可以作用于形式无限广阔的领域。由心灵所引导，步入其他领域是无所障碍的；用血肉之躯去作这样的见证：传递荣耀之美的艺术家作为一个坚强的精神实体，他的知与行将在黑暗冷酷的宇宙中放射出丰满的精神光彩。

"那奔腾而下的洪流，将洗刷山体的污斑。"他吟唱着走向雪峰巅顶。

# 创作手记二十三则

## 一、现代城市的病困心态

这一点体现在材质的非精神性之冷漠方面。古代建筑常用材质所具有的那些美妙感觉——石灰岩粗糙温柔的肌理感、大理石细腻高贵的质地感、金属铿锵有力的分量感，都是一种唯美的精神性选择的结果，而现代工业社会强调材质功能的趋向，已将这一切彻底改变。因此，在现代油画中，突出速度、力度的反复涂抹之肌理，可把对某种人生不可企及的精神境界的向往（或绝望）赤裸地予以表现。于是，我们看到这样的情景：天使助佑的金光伴随着深邃的时空转换而降临昏暗的尘世，它在流出受苦的鲜血的同时，也荡涤了人性罪恶的污秽。

## 二、屹立于大地上的巨人

巨人之所以得以挺立于苍穹与大地之间，皆因他坚信天、地、人、神四重结构将重临尘世。当不信的民族初听福音——同时也是灵魂蒙召的声音时，巨人便这样浑身伤痕累累地站立着。他背对着我们，但可感觉到他的目光是望向极远处的。由于坚信那里定会出现一片被神圣光耀恩泽的大地，因此，以白线勾勒出来的天使幻形在不可思议的大透视中护卫在巨人左右。

## 三、大地上的痛

惨烈的大地上遍布可怕的泥淖，往前则是一些横向的虚幻性笔触，阻断着痛苦继续向前延伸。正是在虚幻缥缈的深处，拜占庭的金枝撮合成了这桩神圣的婚姻，主借光与物体向在下之灵显形。

来自圣像画最为高贵的灵感、中世纪经典与圣杯骑士的传说以及从中延续而出的16世纪圣乐，乔托至拉斐尔期间的教堂绘画无不显示出神恩对贫苦大地的升华与超拔。

## 四、神圣之城与尘世之邦

"尘世之邦"以罗马式的厚重风格为代表，凝重窄小的孔洞犹如人类那充满可怜的期盼之情的双眼，封闭而沉重。"神圣之城"则以深暗背景上勾以白线来表示，金灿、高贵以黄金、象牙、大理石来表现。总之，西班牙式的精神性幻想视觉艺术加上东方大陆的厚重苍凉与赤裸，采用这种结合方式所产生的图像将具有历史性的意义。

## 五、希望之光

从十字架上投下的希望之光，使无形体的信仰灵魂有了一个从绝望深处瞻瞩到真实未来的契机，关键是要把这"希望之光"和灵魂承纳它的契机描绘出来。在一个遍布生存铁丝网的昏沉暮色中，十字架的微光幻觉般地悬浮在大地上空，照耀着若隐若现的生命之路。希望的机枢作为一个新艺术王国的转折点，必然降临在我的灵魂国度上空。在这个卓绝的心理空间中，此岸万物均被苍绿的凄惨之光所弥漫，现世所有的不幸和苦难都蕴藏在那凄光照耀下的肌理视觉效应中。人们不会相信，真切的物理质感在此竟然获得了如此的精神性。

## 六、启示录

这是一种母体王座全面盛纳的感觉，感激、承纳、敞开、拥抱。它应展示一个光辉的前景，基督在荣耀中降临。与浮士德所见到的那一境界——"一种不可描述的希祈，驱迫着我越过森林和原野；在盛满热泪的眼眶中，我看有一个世界，为我而升起，为我而存在！"——进行比较，对万众新生的瞻瞩能否复合交融？无论如何，启示具有应许的形式。启示所给予我们的对上帝的体认，应展现为上帝的信实和人响应自己的历史使命的行为这二者的复合体。与上帝的和解，意味着对现实的反抗。

耶稣复活象征着生灵对死亡、正义的超越和克服。力量意志归向于神圣，向四周、向中心双向流动涌溢，以火焰来达成。

## 七、逃 亡

在这里，我将重建一个崭新的宏伟逃亡图式。融入浴血行走的苦行菩萨，以正面式的考虑。侧行形态的永恒象征，逃亡的希望之光在何处呈露？是伴随着，还是召唤着？不论朝向任何方向，那愈见伟大的上帝都永远在我们"前方"。行走方向的设定必有神学依据。作品命名的关键性因素应抓住流亡者、被放逐者灵魂的内在意义，这可以让我们更深切地理解精神家园、灵魂归宿的终极本质，使我们向终极普遍的生存之域、精神之域坚定前进，这一前进是在大地情愫与天空光辉的对流交融中展开的。疏空处与缜密处都要富于象征意义地设置。

## 八、受　难

看这钉在十字架上的耶稣。降临在苦难大地上，与大地叠合为一个整体形态。但这其中蕴含的神学逆转奥秘正在于：十字架上的受难事件乃是希望的全部基础，这逆转的视觉效果由光来传达，神秘主义的应答在低色度色彩的迸流中显现。十字架将大地、天空连接起来，一种纯粹精神的连接，隐秘而实在，遥远而切近，无法在此岸现实中确信，但可以被企盼和被希望。

## 九、圣雅各（朝圣）之路

这里，圣雅各的下跪形态昭示着精神的皈依。哥特式国际化风格的确立，取代了耶路撒冷的朝圣之路。与原始基督教与亚伯拉罕的上帝相对应的信仰体系，闪耀着如维多利亚圣乐那珠母色调之高贵，略显出幽暗的光辉。那种色泽是当代神学理念在现实中浮现的结果。现代都市的形态都会在这图像中找到对应物，这种对应旨在神似而不在形同。西班牙红褐色原野的粗犷与神秘，是其气氛的基调。

## 十、圣者行列

对早期教父的神圣序列之描绘，呈现出一种哥特灵魂尚未高悬之前的沉凝和坚实的精神，深浸于苦难中，谦卑而易受伤害。但正是这颗为自救而奋战过的灵魂，比一般的灵魂，甚至比那些一开始就沐浴在圣洁光辉中的灵魂能更深切地体会、感受、承纳被救与神救的内涵。因此，光线如黄昏夕照时的温暖，它虽被大片的黑暗所包围，但阴影中流溢出历经苦难后的感恩甘露，一直流淌到山谷的最深处。

## 十一、为现时代而流的泪眼

昏暗而洪荒的大地，有如格列柯那悬浮于半空之中的超然而不忍离去的视角。为避免陷于风景画的窠臼，幻景的有机插入是必要的。视线撕开一角，有一缕拜占庭式的神秘之光透入现世。它体现了博尔赫斯式的多重空间视觉经验与想象。对已逝去之辉煌的悲叹，洋溢在眷顾历史的心魂之上。它令人联想起威廉·叶芝对拜占庭的崇仰与眷顾。

## 十二、英雄主义系列

宏伟的肉身具有昆仑山脉的赤裸坚忍、黄土高原的筋脉血肉，散发出一种令人不寒而栗的震惊感。东方超验之缥缈（以某部分的虚化来表现）使这件事不仅是此世之事，而且具有永恒的未来感。强烈的肌理间或激昂的笔触，以及自然的滴淌，犹如欢乐颂的各个声部。我们必须做到，视觉震撼力是来自神性的，而不是人之恶性的。

## 十三、古典的构筑

古典的持守之精气,使跨时空地域的心魂相握成为可能。拜占庭高贵的异光金气,将凌空而起的圣殿金顶点染得分外辉煌。圣经书版与浮雕连板构成神秘的躯体,直指东正教之精髓。而在另一侧,是东方佛境的悲悯苦海,漫无边际,涟漪深邃。一个超绝的声音从穹顶飘然而下。东方世界是人类超验的宗教情感之诞生地。毗邻广袤沙漠的高山绝顶,成为盛纳神圣精神的王座母体。它们的存在决定了高贵文化的命运,在其华盖顶端,圣光四射。

## 十四、生存的图像

参照宗教天顶画的宏观视野,以柯科什卡的奔放笔触与惨烈色流(这种色流是以黄色、青色和灰绿色为主,从中渗透出血红色的感觉)来作画。画面深处迸流而出的色彩,将"马克西米安皇帝大战""亚历山大击败波斯王大流士"等画中表现的大宇宙的魂思在悲剧画面中重现。厚重的肌理是为表现东正教圣像画的精魂,提香晚期宗教画中那种恍惚而不在尘世的感觉,是我欲追的境界。

## 十五、山河系列

在精神层面上重塑中华民族古已有之的"山河"理念,在此,大山大河的画面将成为我所理解的"中国精神"的载体。青褐色的熔岩凝固体,以极富时空感的放射线形状横陈于遥远的地平线上。这些具有原创启示性的地理图像,其视点超脱,人犹如站在生命的起点上,灵魂的深处时刻受到强烈的本质性冲击。这时,一种远远超过个人生命价值的伟大生命从地平线上升起，无限的历史时空瞬间被压缩为沉重如铅的形象，将热诚的生灵彻底融化。

坚硬的楔形建筑物如卫兵一般昂首翘望苍穹，下面则是泥泞而切近的大地。

## 十六、悲剧艺术

体察、跋涉、下降、攀登、遥望、沉思以及无数晨暮对降临之光的祈盼，构成了我的行走体验。结论是明确的：中国具有世界上最壮阔的山脉、河流、高原、戈壁和旷野，有着诞生伟大的悲剧艺术的所有造型资源。我从那起伏盘桓于黄河两岸的高阔峁塬中所获得的"厚度经验"，从那连绵着伸向青藏高原的崇山峻岭中获得的"深度经验"，从两个基本方面印证了这一结论。但遗憾的是，中国却历史性地缺乏一种真正堪称伟大的悲剧艺术。

悲剧分两类：一类是现实生活中的悲剧，它更贴近实际，常常造成人类的苦恼、不安和恐怖；另一类则是深层的悲剧即灵魂的悲剧，它是在认识到人类的原罪、可怜无助、脆弱而又天生隐藏邪恶的基础上，站在悲剧——绝望的深渊里向神圣发出呼告，祈求灵魂获救。而作为上帝之子的耶稣甘愿降身为人（道化肉身）在尘世中蒙屈受辱，被钉十字架直到死而复活，这一神圣事迹的启示，是我们从悲剧境况中祈求拯救的唯一希望。另一方面，我也深切地感受到肉眼看不见的征服一切（包括自己）的力量，尤其是徒步在黄土高原、河西走廊、青藏高原及横亘在上的雄伟山脉时，更强烈地体验到这些。我把这些看成神明存在的证据，并表示敬畏。在这种敬畏中，人类应该彻底改变试图征服自然的愚蠢想法。

## 十七、造型艺术

就造型艺术而言，悲剧艺术的感受性主要体现在质感、量感和光感三个方面。它们根植于生存论基础之中。肉身深陷在低处，而灵魂则渴望向高处飞升，由此产生阻滞与沉重。阻滞造成粗糙的肌理，沉重导致巨大的能量。正是这种凝固于无限的空间与时间中的生命痕迹，给予行走中的人以决定性的启示。在悲剧艺术的景观中，光的出场意义重大。当我们登上山顶，遥望远方那片沉浮于大地尽端的微光时便会领悟到，人的价值身位永远处于行向彼岸但永不可企及的旅途之中，就像行走的人对地平线的瞩目一样。

## 十八、行走经验

真正意义上的行走，是以身心丈量大地。高渺的蓝天深处，白云被某种莫名的力量撕裂，向上升腾。广袤的旷野上横陈着古长城的躯体，油蒿、沙荆、柠条和红柳默默地蛰伏在长城周边，将遍布残垣的创痕仔细地掩藏。毫无疑问，我一眼便读懂了这风景中所蕴含的奥秘。当所有元素都遵循着一道庄严的指令，有序地构成这幅具有震撼力的伟大景象时，"天、地、人、神"四重结构便在我心中悄然筑成。这就如同耶胡迪·梅纽因形容贝多芬的《D大调小提琴协奏曲》开始乐句时所说的："那四声定音鼓正是这座殿堂的四根神柱。"

## 十九、心灵之歌

没有更能比音乐直接通向灵魂的艺术形式了。无形的音乐旋律成为弥合有形的物质画面的一双奇妙之手。记得我曾在十年前喜欢上一首古老的歌，虽然它并非中国人所作，但我却在中国大地深处听到它的回音。这首摩泰特（Motet）是一位名叫海因里希·舒茨的德国作曲家于五百年前所作，歌曲以单纯而柔美的旋律唱道："他们从大地中来，又返归大地，一个接着一个的步履。历经劳苦的人们呵，你们有福了，因为那无所不在的爱，已包容了这一切——不论是活着的或是安息的灵魂。"每当我在夕阳西下的时刻驻足山顶，享受着从崇塬的沟壑底处升起的余温，伴随着这首四声部歌咏的和声织体缓缓贯透全身时，就感到一种眼眶湿润后的震撼。这是一种从悲剧的渊底涌出的感激之情。

自古以来，大地上的人们经历了各种生存的磨难，但人们却从未背弃故土。这种人类在忍受生存重负时所体现出的伟大，是悲剧艺术的基本素质所在。因为在这高度的忍耐力之中，我们看到了一颗比苦难还要坚强得多的灵魂。正是这种没有任何力量可以摧毁的生存的勇气，是我们充满信心走向新的生活之根基所在。

## 二十、大地的启示

中国古代面具艺术与自然地理之间的同构性，令人惊异。当我行走在中国西北高原的那些高山峻岭与大河沿岸时，有幸看到了无比壮观的景象：山峦河谷因风侵水蚀而形成的沟壑，当阳光从特定的角度照射时，凸显出巨大而生动的面具形象，令我十分震撼。我瞬间就明白了数千年前广汉三星堆的面具的来源，或者可这样说，我画在画布上的面具和广汉三星堆的面具是受到同一种视觉启蒙而创造出来的。这很奇妙。在我的想象中，它是中华民族精神的形象外显，是灵魂原创力的呼唤，而它之所以显示在大地、山体中，恰恰证明了神的存在、神人结合（道化肉身）的奇迹。

## 二十一、大地的复活

通过十字架（受难）而产生的复活（希望）是生存着的每个灵魂（人）的最深处的希望，也是唯一的希望。它与欲望和非精神性的世俗希望有本质的差别。只有始终怀抱经由耶稣受难、死而复活等圣事启示而产生的希望，负罪的灵魂才能获得救赎。对于欧洲的宗教音乐，我推崇由艺术大师精心创作的基督教音乐作品，体裁上包括弥撒（Mass）、圣母悼歌（Stab at Mater）、圣母颂歌（Magnificat）、经文歌（motet）、康塔塔（Cantata）。

## 二十二、灵魂的相遇

黄土高原是大自然和人，或者说是另一种形式的"神的灵与人的魂"的相遇，它使我们既苦在其中，又乐在其中，使我们感到远离而又切近，生与死都在它的怀抱中。正是环境的严酷，而使我们备尝生存的艰难、收获的辛苦。在那里，最能体会到《圣经》中最质朴的语言："流泪的播种才迎来收获的欢呼。"

## 二十三、都市苦难

漫天青光笼罩下的抽象城市，充满了由名利所构成的潜在之恶。人们聚居在此，为许多东西争斗，并被称为文明。精神还存在吗？能否有一种全新的精神出现呢？从历史的角度看，中国理应产生，但从现实感受则很难。这种刻骨铭心的苦难将被宏大的历史宽宥。只有诗被特别眷顾。

这是一种介入具象的生活与抽象的精神之间的狂神史诗。精神史诗是生活史诗之母。同时，史诗是悲剧英雄最好的墓园。在墓志铭上镌刻着：安息吧，你这颗不安的灵魂，在上帝宏恩的面前，你有福了。美术如今已退至边缘，社会价值和自有的精神都迅速滑落，众人的面相很是奇怪但又熟悉。而这些面目构成的整体气氛则是一种表面丰盛下的实质精神贫乏。

评论者都试图站在历史的高度，来评论所谓的中国油画，但他们恰恰忽略了美术所面对的当代文化的深刻危机，而这一危机主要体现为意义的丧失。"为艺术找回意义"——这一主题将成为时代预示者的深远目标。

悲剧的震撼精神，将为这个民族带来恒久的叹息或期盼。

东方精神的宝库，在于它在超验领域里对人类价值体系的贡献。而中国与东方精神的关系是独特的。中国传统美学经验方面的贡献是无与伦比的，其中以怀素等佛家大师为代表的书法形态曾一度游移至佛性国度。但大多数是对一种世俗生活方式的咀嚼与品味。它也曾产生出繁花似锦的艺术果实，只可惜如今已邈远得只存留在人们的记忆中。现代生活在某种定义上的贫乏，对比古代生活的价值，至少在感性方面，现代人丧失了古代人曾有的极为普通的能力。

在历史与自然面前，我们会深切地感到人的存在的原罪，绘画是使人在上帝面前获取宽恕的精神理由。因绘画在中国没有一个超验的历史背景，而只具有对人世与历史独特体悟的古老民族的优越感，这种优越感体现为一种日趋自我封闭的悠然自得与闲适。

时至今日，在世界各国被捆在全球经济的战车上，并向经济呼吸与共的方向发展之际，原有的精神之墙崩坍了。一条深刻的危机之壑顷刻间横亘在人们面前，民族精神之躯的生死与胜负将在瞬间决定。在这历史命运的关头，无形的微曦闪耀在荒野的天际尽端，不知道它能否变为希望的普照之光。"思想之翼折羽天涯"。这一巨大的疑问盘桓在最英勇的灵魂深处。

## 冰峰上的书版

### ——"内在的意志是不死的"

一

他不仅没有忘怀那流出冷凉泉水的一夜，而且永远铭记着水流过干涸的城基的那一刹那，古堡被奇异之光照亮。静伫的树木和生命的形体，凝聚成恭顺的序列，默默地把领受福分的枝丫伸递给我。

一百个思绪空白的日日夜夜均匀地分布于艰苦的持续行走中，他全然没有环顾四周的意念。散落于夜空中的隐秘之眼，正窥视着栖息于岩隙中的感激之魂。那追抚着岩壁的颤抖双手，使他痛悔当初为何没有专心致志而错过了第一次谛听的机会！

在此，无须询问为何没有短暂的唏嘘而只有永恒的呼吸，没有众生的喧嚣而只有终极的昭言——因为当高山绝顶的啸风再次化为黄土原野的缄默时，他已立下了如下誓言：愿城堡的影子紧伴我但不再覆盖于我。

"在现实中不能持久，于虚幻中弥久弥深。"随着孔雀王朝神秘的偈语如同闪电似的消逝在他身后，人们将看见另一幅图景：极北启明星的寒光辉耀于苍茫的东方夜空。

在一个寒光射透坚冰的清晨，一只鸟儿越过树梢高高腾起，其羽翼的啸声划空而过，仿佛带来了最高意志所发出的神秘呼召。正是那个属于灵魂奥秘的问题，从巨匠们所描绘过的神圣审判背景中向他呈现。但如今他要问的是：终极意志与雄伟高原之间的内在精神联系何在？这一永恒的困惑，竟使一个伟大的思想无法黏附于他手旁的材料上。究其缘由，就在于不知何为那最深的源泉。

## 二

在无聊而缓慢的养息历程中，他一次次以湿热的舌尖舔着渐愈的伤口。四周一望无际的白茫茫的渍盐滩，几乎吞噬了记忆深处曾弥漫昔日西部的启示之光。

当书版上的隐语终于启明了滞留在迟钝心灵中的意义时，他反复从梦魇中惊醒，并一次次地松开紧握的双拳，和着热泪把戈壁与冰峰交叠的阴影吞进肺腑……翌日，他目睹着漫天星斗一个个地从微明的天空中消逝，心如冷铅。因为他此刻回忆起年轻时，曾常常奢望金戈铁马的崩裂和驰骋，直到在沙丘高耸的月夜迎来骑士坠崖般的死寂。

曲径幽处那腻滑的一吻，将不可知的冥思带往无息的河岸。正是在这里，沙平如镜，苍鹰高旋，玉蜀黍的绛色波涛卷走了埋藏着精深典籍的宝墓。

恍惚间，纤丝般的思维如闪电越过那积满浓雾的盆地，直达祁连山脉闪烁着幽辉的雪顶。他暗自思忖着，那溢散着处女气息的凛冽，定将使自己得以独享某种伟大诞生前的难熬瞬间。

这是一个不可思议的临界点。奇谲的光芒将他从昏暗中勒出。出乎意料的是，咫尺之间竟然就是另一个遥远的国度！在这里，超脱的灵魂所嗜好的虚旷气息，四处荡漾。即使在岩石劈裂的皱褶中，也充分保持着禅定的精气。无形的形体中布满了被空白挤迫的枯涩脉络，它在不断地将万物分解为元素并通过各种最微小的契机进入空无。慢慢地，一幅巨大的幻象凸显在铅色的背景上：在正中，一个折羽的天使已失去平衡，坠向黄昏中的地平线。不知经过了多少个遥远的世纪，一切都消失为单调的平行线。极目远望，黄昏慢慢地凝缩成一颗熟透的悲哀之果，空落在这沉闷大地上。紧接着，一连串的平行意象——隐秘的超脱、空蒙的圆寂、清冷的彻悟、轻盈的遁世……接踵缠绕着他，直至将他置于超感觉状态的死地。

## 三

金色的黎明，以她光辉的容颜将雾霭从山谷中轻轻挥散。苏醒的山崮发出铿锵的声响，于困倦中渐渐转过它坚实的身躯，向着苍穹凝视，仿佛要从虚空中看出那想象羽翼的轮廓。这想象深沉而宏伟，以至于连神灵都不知它究竟将属于哪一个世界。也许，它真如经典上所说，是历史酷烈燃焰中腾脱而出的火烈鸟。但经典却忘了提及：夹在中西部最伟大的几条山脉之间的高原与河流，曾是她原生的栖居之地。

在那篇著名经典的倒数第6页（不幸已经残损）第29行中曾有过这样的记载："他注定会在追索自身的记忆中打开那条通向更高级生命的特殊之路。"

像是受到一个神秘的召唤，他的魂灵——而非肉身，从另一条峭壁之路迫近了那片人迹杳无之地，并细细观察这具掩盖在葱茏绿色中的沉睡躯体。此时此刻的世界，天高云淡，微风拂地，到处展现着激动人心的升浮与盘旋。他唯一不能明白的是：在这清新的原始处女之美中，其每一个细节竟回荡着一种近乎呆滞的紧张！于是，他困惑地坐在一块岩石上。

也许是度过了数个世纪的漫长时光，他终于从睡梦中被一个高渺的意象所惊醒：在一切的一切之上，超然耸立着洁净的雪峰，那神宿般奇异的光影变幻，犹如高空中隐隐传来的偈语，凛然而不可侵犯。此时的苍宇，已被纯净的孤独的欢呼声弥漫。

## 四

  在苍黄的戈壁沙滩里，雪亮的公路锐利地颤动在这广袤的旷野之中。沉默不语的锡铁山裸露着尖厉的姿态，横陈在荒原之上。砾石闪烁着银灰色的幽光，烘托出无数颗原始灵魂的倒影。但又有谁知道，它曾有过灿烂的时刻，并曾向世界发出过黑色的冷辉！

  伴随着他的遗忘之梦的步履，在洼地积水的倒影中，逐渐显现出大批的边塞幽灵；他们满脸血污、持戈奔突于遮天蔽日的烟尘里。但不可思议的是，又有一支更为庞大的军队出现于远处，盔甲铿锵闪亮，马儿喷着血沫，伴随着弓弦的嘶鸣，腾越过幽深的堑壕，直到把清冷的月色染红。

  他看到，正是在鸣沙山的崖壁前，当耀眼的钢制钝刀纷纷坠落时，那远古大地母亲的悲咽，就似地狱中的惨风般响彻山谷。这个灼伤任何一颗灵魂的时刻，延续了整整十个世纪，直到那珍藏在石窟里的典籍只剩下了残页碎卷。谁也没有注意，正是在这些片段中包含着许多惊心动魄的故事，它们共同指向一部史诗的轮廓：无数英勇的战死者毫不怜惜地将血涂洒在石壁上，映照出各自持奉的信仰与理念，犹如高高在上照耀着的灯塔，指引着他们去以肉身填平通往胜利荣光的道路。

  这时，他所集中精力苦思的是：究竟又有何人曾倾听或窥视到隐在这铁血残酷背后无比仁慈的怜悯？还复于万千灵魂的土地、超拔于唯一意志的山峰，为了那将会看到的远在天际边的事物，而流出了痛苦的泪水。当一切都缓缓退去时，他对自己默念：我要长久地静坐在一间斗室里，在目送夕辉消逝后，再度迎来沉思的烛光，并目睹它怎样跳跃在现实与梦境的危崖边缘。

一位芸芸众生的训示传达者，在高原傍晚的壮丽景色中伫立着，把怀疑和不信抛掷在渊底。因为他已真切地看清：透过遥远的云层，那座世纪末的精神纪念碑正沐浴在纯粹的光亮之中，上面所镌刻的名字已被圣咏的音色旋律环绕。

这是一个永不为人所知的秘密。世间所有的幸福，比起这个来又算得了什么？这绝不是利己主义，因为人们根本不知道这永恒之梦的美妙！

## 五

在高高的巅顶上，暮色的迟疑脚步渐渐隐没于漫漫的荒草中，像是有一只神秘的手将幻景推移到面前：祁连山脉主峰的雪顶，以冷凛的青光辉耀着这即将沉入昏暗里的荒崗。一辆挂满露滴的牛车仍滞留在荒崗上，迟迟未发。趁着那愈趋混浊的微光，依稀可见两个幽灵似的人影，在牛车边拼命地刈草、装车。他（她）们紧裹头巾，面目不清，只有冷凝的雾气悄然迅速地化为泪滴，在腮旁闪烁。

他沿着山脊的狭窄边缘悄悄地向下滑行，直到寒气逼住了我的脚步。一股巨大而无形的力量从渊底升上来，使我打了一个冷战。未等到昏暗吞噬其形体，我的灵魂便已不可思议地荡回了温暖的地段，重新凝望着这清冷的三月大地。

内外夹攻的奇妙重压，驱策着这颗灵魂疾驰向明净的雪顶。其间，他终于听到了揭谜的语句："当你确能把一片树叶看落下来时，切莫忘了感谢神。"

## 六

　　为了见到春天的情景，他宁愿栖息在刺骨的寒冰之上而避开那沉甸的金灿。如此，众人便以为他似雾夜的星斗一样而黯淡无光了。实际上他深知真正璀璨降临之慎重，他见不得半点平庸的血。在他轻触命运剑锋的细微当口，在他注目高贵诗魂那伫立于树荫下的侧影之时，他怎能忘怀了训诫而贸然涉足那既环绕于他又浮游于你的神秘呢？雪水在湿谷中彻夜流淌，云霞升降于高原尽端的微光之中。此刻，一个急切的呼唤低低响起：快别错过了，那正是即将升起于这夜空中的一颗灿烂之星，它已被延宕了两千年之久。

　　他预感到了七月的大厦之热烈与宏伟。酷烈的骄阳簇拥着那呼吸的秘密之流缓缓上升，扶摇飘荡在峰顶。他暗自思忖：一个无所顾忌的灵魂为何要在意那些渐渐逝去的阴影？甚或转过身去寻觅不再君临此地的光亮？能否像受到羁绊的犍牛那样只满足于大地的阻力与轭具的重量？

　　他不禁环顾四周，恍然惆怅。地上的美景如此不值一看，因为已永远失去了沐浴恩泽的时机。"乘风而去"的啸吟为何一定被认作是高渺超脱的驰去态势？细想一下，曾有多少双奥秘的羽翼降临于生命泉边，就像一只年轻漂亮的手刚握住而又不小心丢失了的命运缰绳，一切的一切，在转瞬间又消失于倒流的时光之中。

　　一个秋天的下午，迎着温暖的阳光，他深沉地幻想着那电光射透坚冰之清晨再次降临。因为随着耗尽生命最后时光的升华，人类与至高存在的冥合，又将展现怎样的一幅图景呢？

　　一位匿名天使曾执黄金之剑砍斫永恒的实体。在那层层叠覆的斫痕之中，沉淀着人类可怕的激情，并同时散发着宿命的气息。也许，为殉道灵魂所见的正是那永远坚锁着秘密的惨淡灰白。只有一条神圣之路，其两侧盛满了幸福而孤独的果浆，拱卫着流出于天使内心的泉水，滴落在《庄严弥撒曲》卷首的洁白扉页上。

"它从我心中流出，流入万众的心田。"这一箴言勾起内心方生方死的时间脚步，并在迷日的凄怆昏黄中向死神的城堡跋涉而去。

不知经过了多少寂寞的世纪，时间之翅终于在一个巨大的历史空罅边缘打住。顺着那神秘的空间窥视进去，得见一个孤苦的形体站在耀眼的古堡岩壁旁。他的眼瞳，竟如夺目水晶般的神采奕奕，神意的光辉也久久地荡漾于他的颜面！他为何能够推开死吻的祝福？那是因为圣餐的血已给他带来永恒的喜乐。

在返归混沌之中的"无意义"的时空里，我虽不属于你，但在奔涌的烈流里你我却互为一体偷偷地听取："在登顶梯级上盛着热泪之眼眶所见的，是十二月的坚冰与风暴，这是神灵在日愈酷烈的震荡中所显出的攫取意志。"

那光耀不止一次在昭示人类：当来年洪水泛滥的凶险春天，就用最年轻的山脉来填那"神界的黄昏"。

他眼见着昆仑山主脉渐渐凝定成错综的方形晶体，沿着火焰的边缘运行。在深壑阻隔众人最大想象力的那边，需要另一种视觉：先是沉重的实体，再加上不知来自何方的金黄灿光，它们不仅能止住呼啸的烈风，而且会适时开启命运机枢，并迎来轰然刹那间的奇迹。

## 七

旋转的大道上布满了交错的蹄印，据说牧人沉睡的意志要在落日与升月重叠之际方能苏醒。当人们未来得及辨别那究竟是为苟延而运送食物的蚁迹还是为征伐而出发的战车辙印时，第一口"梦想"之剑已为神的意志而迸出寒光——只为了泯灭那些没有激情的事物。

放眼望去，旷远的河西走廊的形态，如利刃般显现于厄运翻滚的浊浪上，它的诡谲气息飞越了楼兰、高昌以及北凉故都——不死者之城，最终与巴别塔的隐语结成盟约。历史的死灰从烽火台上的砖隙中残漏，并深深嵌入利剑曾砍斫过的疤痕之中。

按照神的意志，它们都慢慢化作生命的厚土，并在新的凝聚中为复活备下新枝。为了这些，太阳再次升起于冷凛的高原，使伟大的思想得以融开坚冰，如不冻泉般喷出巅顶，带着掠夺低地的喜悦而涌下岩体。

清寒的呼吸轻轻吹落剑锋上的微尘。那焦渴的热唇，虽耗散于布满冰罅的雪坡，但为了那艰苦的持续行走，为了能领略到达峰顶的须臾幸福，即使整日整夜地行走于深重谷底也在所不惜，因为那山脉的诞生与真正精神之诞生本属同时同刻！

夜的眼，终于看到剑锋的微光刺穿了那颗流血的心。

就像启明星总是闪耀于黎明时分，每当鸦群在湿热的低地枝头争相叱闹时，孤独的鹰隼必定在寒冰绝顶独立沉思。他在等待着灵魂飞向夜空、升向苍穹的时机。此时，无限深远的思想渊谷中的冷凝流体，便在无上宝座边的光照下重新溶化，并跳动出新的乐音。

歌咏声再次从生命的渊底升起。当歌咏自身又生出新的精神，它便会超过其余意志的山峰，锋刃也将按照永恒的旨意而指向一切辉煌的中心点——我永恒光辉的源泉。

## 八

"抓紧呵，拼命消受你的生命！"

祈祷的大殿里充满了圣洁的乐音。当皈依的灵魂登向冰顶去追寻那逝去的乐音时，丰盈之杯便掬满了他的负疚之泪，而洒向缀遍玫瑰花瓣的山岗。

然而在 20 世纪末的某一个清晨，他突然发现，精神的高原竟已被厄运的日头烤炙得龟裂不堪，裂隙中滚淌着暗红的鲜血。严酷的现实却更加激起他对在那座峰顶与大师同行并肩的幻觉。

他不止一次地默念："剩余的生命啊，又怎样去执握你曾允诺给我的意志呢？"

不久，他便真正体会到了全力迫近某种精神意念是多么艰难！直到昨夜，他才终于集中精神看清了那个奇异的人形。这时，他不禁眩晕了：分明那衣冠的窸窣声回响在伸手可触的大理石柱边，但待他凝神注目时，却只有空荡荡的石阶。

## 九

他错过了无数次谛听的机会，原本是那样唾手可得，迄今却渺无踪迹。为了这，他将注定徘徊在远郊荒漠的旷野中。

看哪，当重生复活的形体尚未在你我面前呈露，大河上下竟已跃动了无数渡河的残躯。当神灵的意志洞穿了这一切时，神圣建筑的冷峻线条卓然升起，如双手合十般地祈告，最终化为利剑与玫瑰合二为一的显现。精神的光辉，何时才能彻底朗照，穿透万古沉迷并为这壮丽的建筑点燃葬仪的火炬？

经历了绿色之梦的抚慰，他又一次惊醒于湛蓝的夜空。借着山谷那边的微光，他看见众人默默行走在白色的火焰——而非褐色的水流之中，一如埃尔·格列柯《启示录第五封印》里的情景。

起初，他不明白究竟是谁在含着泪水歌咏晴朗，因为在看似阳光明媚的高空横陈着冻伤了的坚硬翅膀。然而，经过了漫长的时日，直到天际渗出悲戚的红色，他终于洞悉了那一曲歌调的奥秘。吟咏给永恒天父的精纯祷词，只向少数深锁的灵魂开启。

在生命山脉的极顶之上，端放着一尊盛满圣酒与面包的银盏。

## 十

"因神圣的幸福而洒泪的灵魂,对于他,时间亦不复流逝!"

在绝对的寂静中,无形的空漠渐渐化为了一个具体的问题在追迫着他:"这一切——这没有最终结果的一切究竟又是为了什么呢?"紧接着他就对自己说:"神不允许擅自问这类问题。"

路人可能当他是个轻狂的失恋者,但他们从来不知道那与神的婚约具有多么不可思议的幸福。

在风沙呼啸的昏黄天空中,一个超绝的神圣灵魂岿然而立。待他定睛一看,那竟是个下跪匍匐的形体。泉涌般的泪水使地面溢满,并映照出动人的冷光。真正的圣者应有眼泪,那是为至高的荣耀而流的泪,于是下跪者被搀扶。

他做了一个深深的上握动作,坚实地推开了沉厚的冰块,向山下走去。

## 十一

从冷凝露珠的气息中他辨认出了,那是一个在早晨到来的孩子,他在远离公路的薄冰上彳亍而行。渊谷中升起的浓雾,心甘情愿地烘托着他,因为这些永恒的气息清晰地记得,正是这深渊之上的崮顶曾出现过光耀如日头的颜面!也恰恰是在那时,被光亮逼退的雾气曾一再凝成感动的泪水,以顾恋的姿态环绕四周,久久不散。

为了回忆出上述的景象,他又拼命呷了一大口酒,并将油灯的残芯挑净。彻夜不灭的灯火,通过酒把河边冬天的冷雾悄然贯通起来，恰如一丝悲哀而永恒的细线，把荒野中的我与你联系起来。

孩子要走了，向着高处的城进发。然而，他手边却没有一盏为之饯行的酒。于是，他便眼见着他的身形消逝在盘桓的山路中。这里讲述的并非是一种关于酒的宗教，而是一个失落在忘川渡舟边的故事。

图2-4 丁方《传道师的足印》 2008年 综合材料 120cm×180cm
在中亚、西域、河西走廊无垠的草原、戈壁与荒漠上，留下了传道师的足迹。那些生长于斯的红柳、柠条、沙枣和骆驼刺，正是对这些珍贵足迹的纪念

## 与神的对话

我在大踏步发展着我的孤独。灼人的光和热浪在我头顶焚烧、呼啸。但我内心却像山泉清池般宁静，因为这时只剩下了我和神。

"喂，人哪！"他喊道，"你为什么总是踌躇呢？别枉费了你的力。我一时疏忽而将你投在一个过于文邹邹的躯体。现在举起你的臂膊罢！"

一切都在沉寂。

我感到诧异：为何我在这辽阔的西北荒漠上所受到的"伏击"竟与另外一个灵魂在遥远的莱茵河畔所经历的惊人地相似？但神仍在和我继续那在行往月牙泉灼热干裂路途上的对话。

"人哪，为什么不能自省灵魂呢？因此你们就害怕孤独，所以你们也就注定要受那尘世欲火的煎熬。"

我一时语塞。

"或许我应这样答你。因为人类有这样多的眼睛，所以就有许多真理，因此也就没有真理。"

我热爱孤独，因为我的心灵本不属于我的躯体。神为了拯救人类，为他们安排了睡眠，以便人在梦中能够审视自己。但人们却把这一到达神境的通途变成了心智的堑壕。

"你跟我走吧！因为你在思想和语言时已远离了你的同类。"

这时，我突然思如泉涌。

"神啊，我不能。我为能独步在这荒原上而感到喜悦。"在这里，我能尽赏生存的奔腾与呼号、痛哭与安息、激昂与消沉、升华与堕落。我属于历史。在那悠长的历史链河中,瞬间的与永恒的无时无刻不在变换姿态:强国权势在煊赫中崩塌,新兴力量突然登上有限的峰顶。但那终极的真实于恒久的黑暗中缄默不语。

"你为什么要窥看神的秘密?那可是一个太阳照耀着但永远也坠不到底的深渊。你不相信吗?你们人类自哥白尼以来就一直在滚向它。"

"即使这样,我也感激这坠落。即使我知道,在那里艺术亦将变得像冰冷的墓碑一样可怕,但我们仍然选择继续坠落下去。坠落和攀登本无区别,因为在那里同样感觉不到时间。我们将满怀感恩之情吟唱着攀登——或坠落。"

这一切都退去了,而且应该退去!浮现出来占据我脑间的还是宏伟的米开朗琪罗。把向外喷的激情转化成永久的挚爱,这不能不是一曲超人的凯歌!那在空中挥舞颤抖十几分钟的紧握蘸满坚实色彩画笔的手,是把人的所有创造性,以及所有哲学性的沉思都蕴蓄在里面的象征。

坡,陡坡,我涔涔复涔涔了。

可是,从自己的本能中再建,且不说结果,仅仅是这过程,就足以感动所有的生灵了。

在微风花荫中的自我逃避,是要再生出一个完美的人!他自有一个快乐的源泉,不仅忧患着杯干,而且无时无刻不希望杯满!

脱离吧,脱离吧!暂时脱离这红尘正是为了彻底地战胜这世俗。精神的揉捏使他永远不会衰退,因为是那样坚强的肉体和浓烈的血液!终有一刻,在整整一夜暴风骤雨的洗涤之后,人们战栗地睁开双眼时,已有一座精神丰碑矗立在大地之上。

## 四月的激情

噢，是四月，是春至花开的日子。我的心，亦如杲杲烈日，在混浊中挣腾而出，这值得赞美的灾难、煎熬人的幸福！沉重而愤怒的青褐色呵，我无数次为你流淌出快乐！

现在你已走进了花荫。那么，开始佩好命运的决斗之剑——"当我重又把它磨亮，携往那寒凛的峰顶时"，谁能忍心用泪眼去偷窥一个陷于悲哀中灵魂的苦笑？

在那最为艰苦而酷烈的行走过程中，驻足于布满冰凌罅隙的峰顶，不愿亲吻而只愿渴望的嘴唇，朝向夜的眼，我要呼吸你锐利的微光。

当鸦群在那阴湿的低地里争先叱闹的时候，孤独的鹰隼却在高原绝顶伫立沉思。但我要呼吸和吞噬你！剑形的意志不但斫砍岩石，而且锻造自身。

碑。执着的沉思默祷，随之是海洋吞食般的饥饿，急进，这无上的喜悦是怎样牢牢地把我抓住。深沉的忧郁之心敏锐地感知那"不该绝望的绝望"！

当一浪高过一浪的激情在漆黑的生命幽谷中滞留时，烟雾里突现惊奇的眼睛。哦，那是仰看采摘幸福而孤独果浆之双手的目光！那深刻的冥想沉思，面对四壁粉墙，为纯正的精神而喷出内心之泉。"从我内心流出，流入万众的心田"，那是怎样动人的时刻！当连日的厚尘昏黄遮住了凛冽的白色光耀时，漂泊的孤魂，在静得连血管的搏动都听得见的流沙中凝望着古堡，直到以泪洗面。

灵魂无息地升入夜空。放目远眺,在无垠幽深的历史时空渊谷中,遍野腾燃着欢乐的精神之焰。

当自身又生出新的精神,它便超过其余意志的山峰,峰顶指向那一切辉煌的中心一点——我永恒光辉的源泉。

**图 2-5 丁方《梦想之河穿越大地》 2007 年 综合材料 120cm×180cm**
穿越苦难大地的河流,悄然将散落烽燧、各自珍藏的记忆串联,向万古苍穹献上一片蓝色的梦想

## 桂冠冷月之夜

深秋的宅院。院中央布满裂纹的青石板上横陈着一片黄灿的芭蕉残叶。在充满焦虑的青春期，这一残叶的意象成为涌动在他内心的无数奇异梦境的索引。当他死盯着石板上那些如绝壁岩隙边缘的涓流般的优美纹路时，他蓦然感到在超验的时空中瞥见了她的倩影——那似皓月般洁白的形体，为幽深的苍绿色所环绕，一如阿莱格里著名的《祈祷弥撒》中领唱女高音那缥缈高远的音色。

对他来说，这片石板不仅记述了一段虽遥远却令人难以忘怀的岁月，而且已幻化为一个古老与童贞的奇妙混合的符号，一股珍贵的芬芳从中四散开来。他追寻着香味，曲折穿行于由残破粉墙界定的石砌窄道中，最后来到一座只有一口枯井和一株高大无花果树的死院内。院子约五丈宽、呈不规则的横向矩形，与视线平齐的砖墙部位长满了幽绿偏黑色的苔藓，苍老的砖缝错落衔接，如屋漏痕式的书法轨迹般深刻。四周的一切均暮旧阴沉，唯独那棵无花果树朝气蓬勃。在挺拔秀劲的枝干周围，稠密的树叶像无数柔和的手掌般伸向天空，仿佛托举着某种奇妙的希望。当他看到乳白色的液汁顺着被攀树顽童们折断的茎根流淌出来时，内心涌出一阵热辣辣的骚动，但随即便被某种莫名的巨大哀愁所笼罩——他深切地感到这是一种因被迫分离而深入骨髓的冷。

他开始失去记忆。

"我曾享受过这样的幸福时刻，众人为桂冠诗人编织的精神幻象而欢呼，但如今，不幸的灵魂呵，气运晦暗、愁容深重。乌云如铅块般沉厚,欲坠大地。不知何时能看到昔日的晴空?难道从孤寂的山巅返归喧闹的平原,直至退至温湿的渊底?""为什么曾经被朝霞渲染得鲜红的面颊竟蒙上灰色,那双惯于凝望远处的双目如今却不得不细察足下的污流积水?"这些啃噬着灵魂的诘问使他的脸似晚霞般血红。阔远的大漠深处,血红的晚霞紧贴着地面,挟着呼啸之声横扫戈壁。当它们漫涌过他的躯体时,不可思议的事发生了:他的心被灼伤而皮肤竟然无恙。他痛切地感到,灼伤的心灵之翅无力地低垂着,颓然倒下并没入温暖的沼泽。沼池岸边枝叶茂盛,雏菊和凤尾草随风抚摸着翅膀的伤口,直到一头牝鹿湿润的舌头将他舔醒。她舔吮的范围逐渐扩大,直到将她充满眷爱与怨毒的唾液涂遍他周身。他与她不可分离,因为那爱情竟产生了它的后果——一个鹿似的孩子形影,已深嵌在他与她交合的形影之中。孩子被远古的魂附了体。

一位公元3世纪时的中年僧侣,从血腥战乱的尘世中逃遁至荒芜的戈壁深处,花了十年时间,在历代朝圣者和旅行者的累累白骨旁建起一座简朴的洞窟,以容纳灵魂的倾诉与呼吸。孩子无知的顽皮行为,使僧侣痛心疾首。在垂泪之余,他暗自勾画出未来十五个世纪的精神蓝图。

一千五百年之后,一名孤傲的艺术家和虔诚的信仰者,以图像的形式表述了他们的灵魂对历史的领悟力,以及对高贵精神传统的追溯和再现的能力。一个民族的荣耀与悲哀,个体生命的希望与绝望,它们与现实世界的依存关系,时空的超越与历史的记忆——这些被施洗者约翰称为"可怜的生灵"的事物,在虔诚的艺术家手中化为了或明亮或昏暗的图景。然而,任何一幅图景中均有明亮的火焰作为希望的视觉中心点。它如同夜空中骤然而起的音乐,给不安的灵魂带来抚慰;而抚慰灵魂的乐声,将引导人们靠近神圣的宝座。

在一个皓月照耀着桂树之冠的寒夜,他终于双膝跪地发出了这样的祷告:我那无比美丽的天使!为圣洁女神而诞生的赞颂纯洁之

## 沉思与激扬

美的艺术！被赞颂之美的光芒照亮的艺术！你是那高高在上的光辉之珠，我等则匍匐在泥淖中，双手高举那洁莹的水晶托盘，使明珠永远辉耀世间！

图 2-6　丁方《葱岭余晖》 2008 年　综合材料　120cm×180cm
葱岭古道是演绎"光的形而上学"神圣戏剧的舞台，满视野是岩石山峰的交响曲，它们坚硬挺拔的躯体在光的明暗转移中显示出精神的奇迹